Joie de combat

roman

Catalogage avant publication de BAnQ et de BAC

Beausoleil, Jean-Marc, 1970-
   Joie de combat
   ISBN 978-2-89031-865-6
   ISBN 978-2-89031-867-0   ePub
   1. Val-David (Québec) - Histoire - Romans, nouvelles, etc.
   I. Titre.

PS8553.E292J64 2013   C843'.6   C2013-940975-0
PS9553.E292J64 2013

Nous remercions le Conseil des arts du Canada ainsi que la Société de développement des entreprises culturelles du Québec de l'aide apportée à notre programme de publication. Nous reconnaissons également l'aide financière du gouvernement du Canada, par l'entremise du Fonds du livre du Canada, pour nos activités d'édition.
Gouvernement du Québec — Programme de crédit d'impôt pour l'édition de livres — Gestion SODEC.

Mise en page : Julia Marinescu
Illustration de la couverture : photo Claude Dupont
Maquette de la couverture : Raymond Martin

Distribution :
Canada   Europe francophone
Dimedia   D.N.M. (Distribution du Nouveau Monde)
539, boul. Lebeau   30, rue Gay Lussac
Montréal (QC)   F-75005 Paris
H4N 1S2   France
Tél. : 514 336 3941   Tél. : 01 43 54 50 24
Téléc. : 514 331 3916   Téléc. : 01 43 54 39 15
general@dimedia.qc.ca   www.librairieduquebec.fr

Dépôt légal : BAnQ et BAC, 3ᵉ trimestre 2013
Imprimé au Canada

Jean-Marc Beausoleil

Pour Marie-Chantale et Jean-Claude

Joie de combat

roman

Les bientôt mariés !
Je suis ému !
Longue vie et prospérité !

Jean-Marc
30/09/13

Triptyque

Du même auteur:

La conversation française, Lanctôt, 2001
Pourquoi je ne me suis pas suicidé comme mon ami Louis,
     Lanctôt, 2006
Histoires de... récits radiophoniques, Leméac, 2007
Le souffle du dragon (nouvelles), Triptyque, 2009
Utopie taxi, Triptyque, 2010
Blanc Bonsoir, Triptyque, 2011
Monsieur Élecrique, Triptyque, 2012

Aux expropriés de Guindonville

La joie, seule vraie victoire sur le monde...
Cioran

1

Je me nomme Mario Larochelle, on m'appelle Rio. Je suis représentant en immobilier, anciennement comique de mon métier. Si je me trouve à Caronville aujourd'hui, c'est pour mon plaisir. Je m'approvisionne chez Rainbow, ensuite j'irai voir Brigitte. Après-midi d'un faune...

Voici Jacob, mon neveu, le sang de mon sang, la chair de ma chair, ou ce qui en est le plus près. Short jean, cheveux javellisés, anneau d'argent dans la narine gauche, il arrive, lui aussi, de chez l'impénitent hippie pourvoyeur de pot :

— D'après mon beau-père, des entrepreneurs veulent construire un centre commercial.

— Il délire.

— Ma mère et lui se sont encore disputés...

Lorsque je ne traîne pas à Caronville, je travaille en veston cravate, le menton frais rasé, le peu de cheveux qu'il me reste coupé court... C'est dire l'état de ma déchéance ! Au début, ce n'était pas si mal, il n'y avait rien à faire. Mais depuis que le village a été atteint par l'étalement urbain, depuis l'ouverture du chantier, je ne connais plus de repos.

Presque tous les jours, un jeune couple gentil et propret, les vêtements griffés, les joues roses, le regard pétillant, la voiture de l'année, vient visiter un des bungalows ou, pire encore, le site d'un bungalow à venir. Les promoteurs ne fournissent plus à la demande. Ils prennent des engagements impossibles à respecter. Bien des familles, ayant vendu leur ancienne maison ou rompu leur bail, se retrouvent parquées dans des hôtels en attendant leur demeure de rêve.

Ces petites contrariétés ne suffiront pas à arrêter l'important afflux de citoyens qui se pointent en cherchant l'Eldorado. Rapport qualité-prix, Saint-Rancy est maintenant la municipalité la plus proche de Montréal à offrir la résidence, la cour, la sécurité et le confort. Si la population continue de croître comme elle le fait depuis un an, il va falloir, entre autres, construire une nouvelle école secondaire.

Le petit couple que je guide parmi les mille et une merveilles de la maison modèle frémit d'anticipation à l'idée du bonheur qui l'attend. Madame porte le menton haut, ses narines palpitent tandis qu'elle hume les possibilités du confort domestique à venir. C'est elle qui a eu l'idée de venir jusqu'à Saint-Rancy pour visiter une maison. Elle se rengorge d'une authentique fierté ; la réalité ne déçoit pas ses attentes.

Monsieur est un peu plus intimidé, mais tout aussi content : il calcule l'hypothèque et croit pouvoir s'en tirer. Il n'en revient pas d'être rendu là dans la vie. Il se voit, une casquette sur la tête, un crayon derrière l'oreille, une perceuse à la main, incarner le parfait bricoleur, comme aucun père de famille ne l'a fait avant lui. C'est bien simple, le nouveau quincailler engrange des profits à un rythme record.

Monsieur et Madame se lancent des coups d'œil satisfaits en gloussant de plaisir. J'aurais beau y mettre toute mon ingéniosité, je n'arriverais pas à les dissuader d'acheter cette maison :

— Comptoir de mélamine, plancher de tuiles, armoires à étagères amovibles, garde-manger, vaste espace de rangement, la cuisine associe le look rustique au confort et à l'efficacité modernes.

— J'aime beaucoup les poignées des armoires. Quel luxe dans la finition ! Et aussi l'îlot, c'est tellement pratique quand on reçoit. J'ai toujours rêvé d'avoir un îlot dans ma cuisine, n'est-ce pas chéri ?

— Oui, mon amour.

Ils sont dans la jeune trentaine. J'essaie de deviner si elle est déjà enceinte. La ligne de son ventre ne laisse rien paraître. Je me risque :

— Le village de Saint-Rancy connaît la croissance démographique la plus importante au Québec pour la deuxième année d'affilée. Non seulement les gens achètent une maison dans le nouveau développement, mais ils viennent ici fonder une famille. Sincèrement, je crois qu'il n'y a pas de meilleur endroit au monde pour élever un enfant.

Madame se mord la lèvre inférieure, Monsieur rougit : j'ai mis en plein dans le mille. C'est trop facile. Je prends un air contrit pour tirer ma dernière flèche :

— Je vous conseille de prendre votre décision rapidement. Je ne devrais pas vous le dire, mais il y a des délais dans la construction. La demande est trop grande. La semaine dernière, nous avons eu un retard imprévu dans la livraison des fenêtres pour toute une section de rue. Vous ne pouvez vous imaginer les problèmes occasionnés. Vous savez ce qu'on dit : premier arrivé, premier servi.

Madame grince des dents, son rêve pourrait lui échapper. Monsieur passe une main dans ses cheveux, fronce les sourcils, ouvre la bouche deux ou trois fois pour protester, mais rien ne sort. Je leur tendrais une promesse d'achat qu'ils la signeraient sans hésiter. Une maison, c'est du solide, un investissement sûr, une garantie sur l'avenir. Madame dit :

— Nous allons vous rappeler cette semaine.

Je la crois.

2

Brigitte. Ma consolation, ma joie, ma raison de vivre. Ensemble, nous jouons.

— Elle est froide, ta pizza.

Un scénario parmi tant d'autres...

— Mais monsieur…

Elle a beau essayer de faire pitié, elle ne réussira pas à m'amadouer. J'ai été trop patient, trop longtemps.

— Elle est froide, je te dis. Tu as encore traîné en chemin. Ce n'est pas la première fois que ça se produit.

— Monsieur, je…

— Tu ne rien du tout. Tu vas te taire, oui. Moi, je vais appeler ton patron. Je vais me plaindre. Je suis un bon client. Plusieurs de mes amis sont de bons clients. Ta négligence et ton impolitesse vont te coûter ton emploi.

Elle se tord de peur et elle le fait bien, les mains jointes, le regard larmoyant :

— Je vous en supplie, ne faites pas ça. Ne portez pas plainte contre moi. J'ai besoin de travailler. Ma mère est malade. Je suis son seul soutien. Je ferai tout ce que vous voudrez.

— Tout ce que je veux?

— Oh oui!

— Tu sais ce qu'on fait aux petites délinquantes dans ton genre?

Elle hésite, puis, avec une pointe d'inquiétude dans la voix :

— On les punit…

— On leur donne une bonne fessée, oui.

— Il ne faudrait surtout pas froisser mon uniforme…

— Viens ici. Je vais te corriger comme tu le mérites!

Elle se trémousse jusqu'au fauteuil. Le creux de ma paume, le galbe de ses fesses.

Autrement, je me passionne pour les couleurs des fleurs et les nuances du coucher de soleil. À la clinique de réadaptation, le professeur de peinture était un vieux Noir au visage chiffonné comme une feuille de papier froissée. Il portait d'épaisses lunettes, les cheveux blancs coupés court, et il avait une palette en or. Cette dent, disait-il en riant, représentait la somme totale de ses économies. Il avait été professeur d'arts plastiques toute sa vie, au niveau secondaire. À sa retraite, il s'était improvisé thérapeute pour aider les gens comme moi à retrouver un minimum de dextérité, sans parler de dignité.

Au début, je n'arrivais même pas à tenir le pinceau correctement. L'accident avait broyé ma main comme un insecte. Je ne me souciais pas plus de peinture que de la carcasse de l'automobile dans laquelle j'avais failli mourir. C'est Raphaël, au nom prédestiné, qui a réussi à me convaincre de persévérer. Il me coinçait dans un des couloirs de l'hôpital où je traînais ma jambe plâtrée, mon collet cervical, ma main écrapoutillée et mes blues post-accident. Il insistait, souhaitait me voir à ses ateliers. Je me souviens d'avoir été particulièrement impoli avec lui.

J'étais fortement médicamenté, passablement abruti, et je n'avais aucune envie de guérir. J'essayais, sans grande conviction, d'imaginer comment je pourrais inclure mon accident dans mes monologues : « Hé! Devinez quoi! Je me suis endormi au volant! Mon auto a fait quatre tonneaux en quittant la route! Le seul problème, c'est que je ne suis pas mort!» Je n'étais pas certain de faire rire les gens avec ça ni même d'avoir le culot d'essayer.

Il n'y avait plus de place en aquathérapie, mon premier choix, alors j'ai dû faire face à Raphaël. Il avait le don de poser des questions vraiment stupides : « À quoi ça sert, une fleur?» Il me le demandait en souriant tendrement, la tête de guingois, le regard calme et lumineux. Je me souviens d'avoir pensé : non mais, quel crétin! Une rose est une rose, est une rose. Tout est dit. Je n'allais pas tomber dans la métaphysique bas de gamme. D'où vient la rose? Quelle est sa véritable fonction? Se sent-elle seule? Encore moins dans l'animisme écologiste. La fleur s'inscrit dans la chaîne alimentaire, permettant à l'abeille de faire du miel, à l'oiseau de se nourrir, à l'univers de fonctionner tel un vaste et complexe organisme, un utérus cosmique qui nous englobe tous dans sa chaleur bienfaisante et maternelle. Oh! le délire secret de la nature…

Je ne savais pas à quoi servaient les fleurs. Je n'étais pas le Petit Prince. J'étais bourré de sédatifs, je me remettais d'une commotion cérébrale et je souffrais de multiples fractures. Je n'étais attendu nulle part. Mon agent était passé me dire de prendre mon temps, de me soigner et de me remettre, il serait là pour moi à ma sortie de la clinique. De belles promesses ! Mais j'avais déjà pris ma décision, sans trop oser me l'avouer. Je ne monterais plus sur les planches, je n'agripperais plus le micro, je n'essaierais plus de faire rire mes contemporains. Je n'en avais tout simplement plus envie. Ma carrière de comique était terminée. Je n'avais plus la tête à la rigolade, la seule idée de rigoler me donnait des migraines. Le concept d'hilarité me levait le cœur, je n'y voyais plus que vulgarité. Je ne me sentais même plus capable d'un petit ricanement sardonique. Mon accident m'avait rassis : fini le *stand-up*.

Alors je me suis penché sur le cas de la fleur, je l'ai observée attentivement. Au fond, elle était exactement comme moi en ce qui concernait ses caractéristiques les plus importantes : inutile et éminemment périssable. La fleur a l'avantage d'être jolie et de sentir bon. J'avais été assez drôle pendant quelques années. Tout se fane.

J'ai examiné le calice, la corolle, les étamines, le pistil, la hampe, le pédoncule. Je me suis intéressé au capitule, à l'inflorescence, plutôt qu'à l'inévitable et bien trop évident flétrissement. J'ai tenté de comprendre l'ouverture, l'éclosion, l'épanouissement si bref et éphémère de cette damnée fleur qui m'était proposée comme sujet de contemplation.

Et j'ai peint. Sans grand succès au début, mais avec acharnement, détermination, avec une application et un oubli de moi-même qui m'ont été salvateurs. J'ai peint des bouquets, des guirlandes, des tapis de fleurs avant de revenir à la fleur solitaire, dans un vase, sur une table, toute simple. Je me suis fait une fleur, je suis devenu fleur bleue, je me suis couvert de fleurs, j'étais à fleur de peau.

Je retournais à l'atelier de la clinique tous les jours, dans ce cagibi du dernier étage, presque une armoire à balais, muni d'une toute petite fenêtre. Au fond, je connaissais mes plus grands bonheurs dans ce réduit assez triste. J'offrais mes tableaux au personnel soignant qui, au début, les acceptait par politesse et qui, à la fin, les sollicitait. Petit à petit, mes plaies se sont refermées, mes os ont guéri, ma main a retrouvé sa dextérité.

Impressionné par ma production qui ne cessait d'augmenter, Raphaël m'a mis en contact avec un marchand du Vieux-Montréal qui est venu me visiter à la clinique, juste avant mon congé. Examinant mes toiles avec un sourire en coin et une étincelle dans l'œil, il m'a expliqué qu'il y aurait toujours preneur pour des couchers de soleil, surtout ceux qui surplombent un point d'eau, avec des arbres aux couleurs de l'automne. Je fais encore affaire avec cet homme qui expose mes œuvres dans sa boutique de la rue Saint-Paul et qui empoche 40 % du prix de vente.

Grâce à ce galeriste, quelques-unes de mes plus belles toiles, celles à la thématique florale, ont été retenues par une compagnie qui produit des cartes de vœux. Des gens se souhaitent un prompt rétablissement, un bon anniversaire ou une joyeuse fête des Mères en s'offrant des fleurs de ma composition... Jusqu'à l'ouverture du chantier, je produisais au moins une toile par semaine : bouquet ou fleur solitaire, coucher de soleil, scène de la vie rurale. Je ne suis pas Norman Rockwell, mais j'ai un penchant pour les thématiques idylliques. Malheureusement, depuis au moins un an, je m'occupe surtout à vendre des maisons. Je fais de l'argent, mais ce n'est pas la joie.

3

Si vous arrivez de Montréal, la première chose que vous verrez en prenant la sortie qui mène à Saint-Rancy, c'est le Caravansérail. Avec l'usine d'embouteillage, il s'agissait, jusqu'à tout récemment, de l'industrie la plus florissante de la municipalité. Éclats de lumière contre le chrome et le verre : l'endroit ressemble à un palais des miroirs animé d'un rugissant prosélytisme. Il s'agit en fait d'un concessionnaire de maisons-roulottes, de camping-cars, de caravanes et de *fifthweels*.

J'ai rendez-vous avec Michel Faneuf ce matin. J'ai fait l'impossible pour éviter ce pénible entretien, mais personne ne maîtrise totalement sa destinée. Mes patrons m'ont téléphoné à trois reprises du bureau chef, insistant sur l'importance de ce meeting, menaçant d'y envoyer quelqu'un à ma place, ce qui n'aurait pu que me nuire. Comme je suis le seul représentant de la compagnie à Saint-Rancy, je suis assuré de jouir d'une certaine tranquillité d'esprit, d'un minimum de paix. Le jour où je concéderai que je n'arrive pas à contrôler l'activité toujours croissante du secteur de l'immobilier, on m'enverra un assistant ou, pire, un patron. Il en a été question à plusieurs reprises, et je frémis d'angoisse à la seule idée de voir arriver ici quelqu'un qui aurait la prétention de me dire comment organiser mes journées.

Je suis un humble travailleur qui doit obéir aux caprices de ses employeurs. La réceptionniste m'accueille avec un grand sourire :

— Salut Rio ! Michel est occupé avec un client. Il va être à toi dans quelques minutes.

Je m'assois dans la salle d'attente. Je mets la main sur un numéro de la revue de camping-caravaning dont plusieurs exemplaires traînent sur une table basse. Je passe rapidement par-dessus des articles qui expliquent comment faire sa vidange d'huile ou qui donnent de judicieux conseils aux caravaneurs qui partent vers le sud pour l'hiver. Je me concentre plutôt sur un texte signé par mon ami Christian. Il y est question de tourisme de l'espace, de vol suborbital et d'un organisme qui se nomme Uniktourspace…

— Tu sais, je pourrais te faire un bon prix sur un *fifthwheel*. Alors, le beau-frère, tu te décides ou pas ?

Je grince des dents et je m'enfonce la tête entre les épaules. Je déteste qu'il fasse référence à notre lien de parenté ; chaque fois, ça me donne envie de dégueuler. Mes yeux quittent la revue, se posent sur ses souliers bruns, son pantalon marine, sa veste bourgogne et enfin sa tête moustachue, son sourire de débile et ses cheveux qui grisonnent aux tempes. Champion de golf, vendeur impénitent, maire de Saint-Rancy, mari de ma sœur, Michel Faneuf n'est pas un individu rongé par le doute. Rien ne ressemble à une hésitation dans cet homme. Il est entier, d'un seul bloc.

— J'ai vendu une autocaravane de classe A cette semaine.

Je suis vraiment excité.

— Le plus grand des véhicules motorisés, le rêve ultime du caravanier, l'autocaravane de classe A est réellement une maison sur roues. On peut y vivre à temps plein. Celle que j'ai vendue comprenait six couchettes et valait 85 000 $. Je n'en vends pas trois par année des comme ça. Elle était complètement hivernisée, chauffage permanent, isolation supérieure et fenêtre à vitrage double. Au fond, j'ai eu de la peine quand je l'ai vue quitter le stationnement...

Je l'accompagne dans son bureau, où s'étale sa collection de trophées. Une véritable armée de petits hommes dorés qui jouent au golf, s'apprêtant à frapper une balle ou tenant simplement leur bâton comme s'il s'agissait d'un sceptre. Michel se passionne pour ce sport, lequel me laisse totalement indifférent. Il aime dire qu'avec le talent qu'il a, s'il était né aux États-Unis, il fréquenterait Tiger Woods. Il participe à des tournois amateurs ou semi-professionnels dans lesquels il fait bonne figure, d'où la collection de trophées qu'il astique, j'en suis certain, religieusement.

Michel recrute une partie non négligeable de sa clientèle sur les *greens*, par l'aisance de son coup de putter autant que par sa faconde, séduisant de grands bonzes corporatifs, ceux qui ont les comptes de dépenses et les salaires leur permettant de s'offrir une caravane de classe A. Pour l'instant, il contourne sa table de travail en verre, s'installe dans son énorme fauteuil, me fait signe de m'asseoir dans l'un des deux fauteuils plus modestes qui lui font face. J'obtempère, croise les jambes, souris poliment.

— Ta sœur aimerait beaucoup te voir. Tu n'es pas venu manger à la maison depuis une éternité. Ton neveu s'ennuie de toi.

J'ai vu mon neveu il y a trois jours, mais je ne tiens pas à dire au mari de sa mère dans quelles circonstances. Je hoche la tête, toujours souriant, la mâchoire crispée.

— Jacob s'est inscrit à la ligue d'improvisation de son école. Il rêve de devenir comédien. Il t'admire beaucoup. Tu pourrais profiter de ton influence pour l'orienter vers une profession moins risquée, qu'est-ce que tu en penses?

Je n'arrive pas à faire autre chose que sourire comme un con en hochant la tête. Si j'étais un peu plus crispé, je me casserais en deux ou en trois. Il ne resterait de moi qu'un tas de poussière. Un sourcil froncé, un sourcil arqué, les épaules de biais, une main sur le verre de la table, l'autre sur l'accoudoir de sa chaise de cuir montée sur roues, Michel poursuit son attaque. Trop heureux de m'avoir à la portée de ses canons, il y va d'une nouvelle salve:

— Ta sœur te fait dire bonjour. Elle voudrait t'acheter un tableau, pour une cliente. Elle travaille beaucoup ces temps-ci, tu sais. Toutes ces femmes qui veulent être sexy…

Là, nous sommes en terrain connu, je sais quoi répondre:

— Il faudrait qu'elle passe par la galerie. J'ai signé un contrat d'exclusivité.

— Bien sûr. Par la galerie. Ta propre sœur. Elle ne pourrait pas simplement aller chez toi ?

Il grimace comme s'il venait d'avaler une gorgée de lait caillé. Au fond, il est content. Il a démontré un fait pour lui indiscutable : je suis le méchant qui ne parle même pas à son neveu ou à sa sœur. Réajustant sa position, appuyant ses deux épaules sur son trône de cuir, il ajoute, pour faire bonne mesure :

— Brigitte va bien ? J'étais invité à l'enterrement de vie de garçon d'un des employés, la semaine dernière, un mécano. Quelqu'un a mis un film dans lequel elle tenait un rôle important... Disons qu'elle se donnait à fond. Tu ne dois pas t'ennuyer... Elle avait l'air de beaucoup aimer ça.

— Et toi, tu as aimé ça ?

Il lisse sa moustache, arrondit ses yeux et sa bouche dans une mimique de fausse candeur :

— Pas vraiment, non.

J'ai hâte qu'il en arrive à la vraie raison de ma convocation. Je suis venu paré pour le combat. Pour l'instant, Michel danse autour de moi en me gratifiant de petits jabs plus irritants qu'autre chose. Je l'attends au milieu du ring rhétorique où il daigne enfin me rejoindre :

— Ce n'est pas tout. Nous sommes ici pour parler affaires.

— C'est ce que je me disais.

— J'enlève donc ma casquette de beau-frère pour mettre celle de maire.

— Excellente idée.

— Comme tu le sais très bien, Saint-Rancy jouit présentement d'un boum immobilier sans précédent.

25

— Oui.

— Ne prends pas ce ton-là… Comme si tu n'étais pas un des premiers à en profiter !

— Je fais mon travail, c'est tout.

— Avec l'enthousiasme que nous savons.

— Est-ce qu'il y a eu des plaintes ?

— Tu serais surpris… L'espace actuellement disponible pour la construction va bientôt être saturé. Il va falloir ouvrir un nouveau chantier. Je t'ai invité ici ce matin pour te demander de transmettre un message à tes patrons : les forces vives de la politique municipale font tout ce qui est en leur pouvoir pour maintenir et encourager la présente vague de développement.

— Les fils de Thomas Lafontaine ont vendu les terres de leur père à un entrepreneur. Il doit y avoir assez d'espace pour construire deux nouveaux quartiers, juste là.

— Ce n'est pas tout.

— …

— Nous souhaitons utiliser tout l'espace disponible. En tant que maire, je dois voir aux intérêts de mes contribuables. Plus d'habitants signifie plus d'impôts, ce qui se traduit par plus de services pour les citoyens. L'augmentation de la population active ne peut que contribuer à la pérennité de Saint-Rancy. Nous vivons une période historique.

— Merveilleux. Les pigeons vont bientôt chier sur ta statue. C'est quoi le problème ?

Il pose ses coudes sur sa table de travail, il appuie son menton sur le petit pont formé par ses doigts entrelacés et sourit avec commisération :

— Je veux dire tout l'espace disponible.

Au début, je ne comprends pas où il veut en venir. Puis je me souviens de ma dernière rencontre avec Jacob…

— Pas Caronville ? Tu ne vas tout de même pas t'en prendre à une femme handicapée et à un vieux hippie ?

— Tu m'as très bien compris. Le conseil de ville va entreprendre le processus d'expropriation dans les semaines qui viennent. Je voulais simplement t'en avertir.

Sortant du bureau de mon beau-frère, je croise un ami, un vrai :

— Ça va ?

— Oui. Très bien. Il n'y a pas de problème.

— Tu es sûr ? Parce que tu n'as pas l'air d'aller.

— Ah non… Vraiment ?

— Tu devrais voir ta tête…

Je hausse les épaules et prends une bouffée de cigarette. Christian est venu me rejoindre dans le stationnement du Caravansérail où, appuyé contre ma voiture, j'essaie de digérer la nouvelle que vient de m'annoncer mon beau-frère, le maire.

— Je ne sais pas ce que je vais dire à Brigitte. Exproprier Caronville…

— C'est le seul endroit sympathique dans tout Saint-Rancy. C'est comme si Michel essayait de vendre notre âme collective pour construire quelques bungalows de plus…

Grand, costaud, ventru, visage rond, arborant un t-shirt des Sex Pistols, Christian n'est évidemment pas un des vendeurs de caravanes qui travaillent pour Michel. Christian œuvre pour le mensuel *Sur la route*, la revue officielle du camping-caravaning au Québec qui a ses bureaux dans l'arrière-boutique du Caravan-sérail. Bien sûr, Kerouac ne traînait pas son jacuzzi avec lui, mais les campeurs-caravaneurs ne sont pas tous des imbéciles insignifiants. Plusieurs d'entre eux sont des retraités sympathiques. Dans tous les cas, ils sont 45 000, pas moins, à être abonnés à la feuille de chou dans laquelle écrit mon camarade. Sans compter les ventes en kiosque…

Christian me met la main sur l'épaule :

— La résistance s'organise. Damien Roy va attirer les médias. Le maire Faneuf va devoir restreindre ses élans dictatoriaux.

— Damien Roy ?

— Le célèbre sculpteur.

— Je ne savais pas que ça existait encore, un célèbre sculpteur. Je croyais que c'était comme un «glorieux poète», quelque chose qui appartenait aux siècles passés.

— Elle est bonne ! Mais Damien existe. Il pourrait être le pôle autour duquel s'organise la résistance.

— La résistance ?

— Certainement. Pourquoi es-tu venu vivre à Saint-Rancy ?

— J'étais paumé. Je cherchais un endroit où la vie serait facile et où on me ficherait la paix.

— Les choses ont changé depuis l'ouverture du chantier, non ?

— Beaucoup trop à mon goût.

— Si Michel Faneuf réussit à exproprier les résidants de Caronville, ce sera vraiment la fin de Saint-Rancy comme nous l'avons connu. Il faudra aller vivre dans l'espace pour échapper à la guerre de tous contre tous, à la course du désir total et perpétuel qu'est devenue la société de consommation moderne.

— Dans l'espace ?

— C'est la dernière frontière, mon vieux.

En fin de journée, pour me calmer, je dialogue avec mes pinceaux. Brigitte me met au défi de peindre l'hiver au cœur de l'été. Je pourrais lui faire un truc à la Léolo, genre lapin blanc dans une tempête de neige, une variation de *Carré blanc sur fond blanc*, mais je choisis de prendre sa proposition au sérieux. C'est beau le blanc quand ça frémit, encore humide, de gros flocons de pure lumière qui flottent dans l'air, des pixels du nord. Des bijoux de glace, des papillons de frimas, des jardins de givre, des ailes d'ange, des auréoles, des branches d'étoile.

J'essaierai, pour plaire à ma belle, de peindre un hiver avec du charme, la virginité à la chair de poule, le crissement des semelles dans la neige reproduit par le frémissement des couleurs. J'intitulerai ma toile *Première neige*, car c'est toujours une découverte, une renaissance, un renouveau, une surprise d'enfants qui font des bonhommes, qui se lancent des boules de neige, qui érigent des forts imprenables et indestructibles.

L'imaginaire a maintenant une saison : l'hiver invite à se réfugier dans la bulle d'un igloo pour rêver

29

au printemps. Indomptable rebelle, la neige ferme les écoles, bloque les autoroutes, embourbe les voitures, provoque le repos forcé, le ralentissement des activités, le congé inespéré. Le marcheur couvert de neige entre dans une frissonnante fusion érotique avec une nature ouverte et enveloppante.

Le blanc était anciennement perçu comme l'absence de couleur. On est passé du manque à l'excès dans un renversement que j'estime positif. Le blanc est solaire, royal, pur, lumineux. Dans l'Évangile selon saint Marc, les vêtements du Christ deviennent blancs comme neige, c'est la transfiguration. Le blanc est donc divin. Le drapeau blanc signale l'arrêt du combat, invite à la paix. La robe blanche de la mariée rappelle l'innocence du jardin d'Éden. Le blanc des dents apparaît lorsqu'on sourit de joie, lorsqu'on rit aux éclats. Je dresse mon pinceau. J'attaque la toile. Quand Brigitte commande, je m'exécute.

4

François Ier épousa la reine Claude dont nous savons aujourd'hui qu'elle était trisomique. Elle donna six enfants à la France, dont trois régnèrent. Henri et Henriette se sont rencontrés dans une institution spécialisée, en Mauricie, où ils vivaient tous les deux. La similitude de leurs prénoms les a attirés l'un vers l'autre. Cette homonymie presque parfaite devait engendrer un coup de foudre, qui devait lui-même être à l'origine d'un amour durable. Faute de budget à la suite d'une autre réorganisation des ressources gouvernementales vouées à la santé, le centre où vivaient Henri et Henriette a dû fermer ses portes. Les tourtereaux risquaient d'être séparés ou même de se retrouver à la rue.

Si les gens atteints de trisomie 21 ont une caractéristique incontournable, c'est de nous renvoyer à nous-mêmes. Leur handicap assure qu'ils sont juste assez différents et juste assez similaires pour nous confronter à la question de notre identité. Henri et Henriette ont une tête légèrement plus petite que la moyenne, un visage arrondi, un nez court et plat, des yeux bridés, des paupières fendues obliquement, un iris tacheté de points légèrement colorés, une petite bouche, de petites oreilles, des dents menues anormalement implantées, un cou engoncé, un abdomen volumineux, de petites mains avec un seul pli palmaire et des doigts courts. On voit tout de suite qu'ils ne ressemblent pas à tout le monde. Ils souffrent de déficience intellectuelle, mais elle n'est pas aussi importante que certains voudraient le croire.

À la suite d'une rencontre fortuite, Henri et Henriette ont été confiés aux bons soins de Brigitte, plutôt que de devenir des sans domicile fixe. Henri travaille à l'épicerie et Henriette à l'animalerie. Lorsque Henri finit sa journée, il passe chercher Henriette et ils rentrent en se tenant par la main. Brigitte les attend avec le souper. Avant, Henri et Henriette travaillaient tous les deux à l'épicerie, mais il a fallu les séparer. Ils avaient tendance à se minoucher, à se bécoter, à se caresser, à s'embrasser… Ça ne faisait pas bonne impression.

À la demande expresse des tuteurs légaux d'Henriette, Henri a dû être vasectomisé.

Henri est assez volubile pour un trisomique. Au magasin, il n'hésite pas à répondre aux questions des clients qui s'adressent à lui. En revanche, Henriette est d'une timidité peu commune et a tendance à baisser la tête, à courber les épaules lorsque des étrangers lui adressent la parole. Elle peut perdre ses moyens jusqu'à se rouler en boule par terre si un inconnu insiste, essayant inutilement de lui arracher ne serait-ce qu'une parole.

— Tu trouves ça difficile de t'occuper de deux trisomiques ? Ça doit être assez lourd, non ?

— Je ne m'occupe pas d'eux. Nous vivons ensemble. Henri et Henriette sont presque autonomes.

— Justement, comment est-ce possible ? Vous vous êtes rencontrés où ?

— Le père d'Henri travaille dans la carie. Un dentiste. Ce n'est pas toujours la fête de forer dans la caverne buccale. Nous avons fait connaissance dans une maison de repos.

— Une maison de repos ?

— Un endroit où on va pour se reposer quand on est très fatigué.

— Un asile ? Un hôpital psychiatrique ?

— Non, une maison de repos. Je sortais de l'asile, si tu dois savoir. Mais pas lui, pas le père d'Henri. Il faisait sa retraite annuelle. Une semaine par année dans le très profond de la forêt québécoise, près d'un lac, pour faire le vide, pour respirer autre chose que l'haleine fétide de ses clients. Il était assis à côté de moi pendant un cours de yoga. Un monsieur gentil, préoccupé par le sort de son garçon, mais déterminé à éviter de partager sa vie au quotidien. Un enfant handicapé ne faisait pas partie de son plan de carrière.

— Vous vous êtes revus. Vous avez eu une aventure torride.

— Pas du tout. Simplement, quand Henri et Henriette ont dû être relocalisés à la suite de la fermeture du centre où ils vivaient, le père d'Henri m'a téléphoné pour me proposer d'emménager avec eux. Il paye le loyer, l'électricité, l'épicerie, il me verse même un salaire symbolique.

— Une bonne affaire pour toi.

— Tu parles! À l'époque, je vivais dans une maison de chambres tenue par des religieuses, à l'angle de Côte-Sainte-Catherine et de Decelles. Je lisais du Bukowski à longueur de journée. Je multipliais les promenades dans le parc. Je ne savais plus quoi faire de ma vie. J'étais convaincue que je ne voulais plus faire de porno. J'étais passablement dégoûtée de moi-même. Je n'avais plus d'argent, plus de projet, plus d'espoir…

— Tu avais déjà travaillé avec des personnes handicapées?

— Quand je pense à certains producteurs de films XXX, je pourrais te répondre que oui. Sérieusement, je ne savais même pas ce que c'était qu'une personne trisomique. J'ai quand même demandé à les rencontrer. Je me suis tout de suite bien entendue avec Henri. Il est très extraverti. C'est un charmeur, un séducteur. Il fait des blagues, il ricane. Ça a tout de suite cliqué entre nous. Henriette est beaucoup plus réservée. Il a fallu du temps, mais nous sommes devenues des amies.

Henriette aime les vedettes. Elle collectionne tout ce qui les concerne: *7 Jours*, *La Semaine*, *Échos Vedettes*, *Paris Match*. Elle lit avec difficulté, mais rien ne l'empêche de découper les articles, les photos, de les coller dans des *scrapbooks* qu'elle conserve précieusement. Elle aime Paris Hilton, Céline Dion, Lady Gaga, Brad Pitt, Angelina Jolie et plusieurs autres. Les stars brillent dans le firmament de son panthéon personnel. Elle s'intéresse à leurs amours, à leurs succès, à leurs déboires, à leurs projets, à leurs épreuves, à leurs rêves. Elle veut voir les clichés de leurs vacances, de leurs enfants, de leurs maisons, de leurs roulottes sur le plateau de tournage. Les vendredis, en revenant de travailler avec Henri, elle s'arrête au dépanneur et elle fait provision de magazines à potins. Elle en raffole, elle s'en délecte.

— C'est qui, ta vedette préférée, Henriette?

Elle me regarde, comme toujours, en baissant la tête, en se déboîtant la mâchoire et en tortillant son petit bec pointu. J'ai l'impression qu'elle me réévalue chaque fois qu'elle m'adresse la parole, qu'elle n'est pas certaine que ça vaut vraiment la peine de s'occuper de moi. Après un moment d'hésitation, elle hausse les épaules et daigne enfin me répondre :

— Leonardo DiCaprio.

— Pourquoi?

— Parce qu'il est beau. J'aime *Titanic*, le film. Je l'ai vu dix-sept fois. J'en ai un exemplaire. C'est triste quand il meurt à la fin.

Henri entretient des plaisirs moins faciles à satisfaire. Henri est un rebelle. Il vole des palettes de chocolat, des sacs de chips, des quilles de bière à l'épicerie où il travaille. C'est un vrai fléau. Ce n'est pas pour rien qu'il fait de l'embonpoint. Il est gras du bide, ce cher Henri. Ce n'est pas bon pour lui. Il a des problèmes de circulation, les artères engluées de lipides, le souffle court, le cœur qui travaille trop fort. Il s'en fout. Il n'en fait qu'à sa tête.

Au début, il fuyait l'épicerie pour aller retrouver Henriette à l'animalerie. Il se collait à la vitrine, la léchait littéralement, faisant fuir les clients. Il allait jusqu'à jalouser les chiots, les chatons, les hamsters pour qui Henriette avait immédiatement ressenti un amour inconditionnel. Elle les caresse, les dorlote, les bichonne, les berce et les bécote. Sans l'aide de qui que ce soit, sans même qu'on y pense, Henriette a transformé son nouvel emploi en une sorte de zoothérapie qui lui fait le plus grand bien, lui remonte le moral, l'illumine de l'intérieur. Le contact quotidien avec les animaux la rend presque bavarde, ce qui, dans le cas d'Henriette, signifie qu'elle peut prononcer jusqu'à trois ou quatre mots dans une journée.

Henriette nettoie les cages, vide les litières, brosse les pelages, remplit les mangeoires. Elle se met totalement au service des animaux, qui se sont vite attachés à elle. Le sentiment est réciproque, Henriette verse une larme chaque fois qu'il y en a un qui est vendu. Henri, motivé par son côté mâle alpha, n'appréciait pas du tout cette liberté acquise par sa douce. Il se sentait menacé par l'incandescence intérieure qui animait subitement son amoureuse. Il ne voulait pas la partager. Brigitte a dû employer toute sa force de persuasion, tout son charme, son mélange bien particulier de douceur et de détermination, afin de convaincre Henri de respecter son horaire à l'épicerie. Et surtout, de laisser Henriette travailler en paix.

C'est elle, Brigitte, qui est allée récupérer Henri à trois, quatre, cinq reprises au moins, alors qu'il rôdait autour de l'animalerie en feulant comme un matou en rut. Il lui a fallu beaucoup de temps, plusieurs semaines, pour accepter le nouveau statut d'Henriette. Ç'a été un processus en plusieurs étapes. Henriette elle-même a fini par lui faire comprendre qu'elle ne le lui pardonnerait pas si elle perdait son emploi à cause de lui.

Délaissant l'animalerie, Henri a choisi de ruminer son malheur à la taverne locale. Il s'y rendait soit à son heure de dîner, soit directement le matin, pour ingurgiter une bière après l'autre. Il entrait en compétition avec les pires ivrognes de Saint-Rancy, jouant dangereusement avec sa tension artérielle, menaçant de se faire sauter le caisson à force d'alcool, de cigarettes et de malbouffe. Fidèle à sa mission, Brigitte allait le sauver de lui-même alors qu'il dégueulait ses tripes dans les toilettes hideuses, crasseuses, immondes de la Taverne Généalogique, car tel est l'étrange nom de cet endroit. Henri déambulait dans les rues de Saint-Rancy, le pas incertain, l'haleine infecte et le regard vitreux.

Ce n'est pas le gérant de l'épicerie qui se serait plaint de la situation, trop heureux d'être débarrassé de ce qu'il estime être un employé à problèmes, un cas de charité, une nuisance sur pattes. Si le gouvernement ne payait pas le salaire d'Henri par l'intermédiaire d'un programme de soutien aux personnes souffrant d'un handicap, le pauvre aurait perdu son emploi depuis longtemps. Brigitte a dû jouer à la médiatrice. Elle voulait surtout éviter de déranger le père d'Henri, par peur de sa réaction.

Handicapé délinquant, titubant, hoquetant, l'œil vitreux, la bouche pâteuse, le menton enfoncé dans la poitrine, les épaules courbées, tel était Henri lorsque

Brigitte le retrouvait enfin. Il traînait dans la ruelle derrière la Taverne Généalogique, marchait le long du fleuve, errait dans les recoins les moins fréquentés de Saint-Rancy. Les petits enfants lui lançaient des roches, et les femmes grimaçaient de dégoût à son passage.

Brigitte devait le sermonner, le cajoler, le menacer, lui promettre mer et monde pour le convaincre de monter dans sa fourgonnette et de rentrer à la maison avec elle. Là, le combat ne faisait que commencer. Elle devait voir à ce qu'il se lave, car souvent il puait. Il avait vomi sur son chandail du Canadien de Montréal. Il avait de la bave qui lui coulait sur le menton. Il sentait la sueur, l'alcool, la poussière.

Le calvaire de Brigitte ne s'achevait pas, pas encore, lorsque Henri sortait de la douche dans un nuage de vapeur pour enfiler des vêtements propres, probablement son t-shirt Homère Simpson et un pantalon de velours côtelé brun ou bleu marine. Brigitte devait le convaincre de boire plusieurs verres d'eau, d'avaler des cachets d'aspirine, de manger au moins un morceau de pain avec de la soupe. Tout cela pour éviter que les effets de la gueule de bois ne soient trop pénibles, dévastateurs, hypothéquants. Brigitte, la patience faite femme, la douceur incarnée, une garde-malade, une véritable mère pour Henri qui, bien que handicapé, ressemble à tous les hommes, se croyant plus solide, plus dur, plus terrible qu'il ne l'est vraiment.

Toute cette chorégraphie du chaotique quotidien se déroulait avec une Henriette qui couinait en arrière-plan, troublée par les beuveries excessives et autodes-tructrices de son amoureux, jalousant son homme d'être l'objet de l'attention totale de leur gardienne commune, Brigitte, qui prenait soin de cet homme, de ce Henri qu'elle aime tant.

L'habitude est une plante qui pousse sur la plus aride des roches, affirme Proust, ce grand tarla efféminé. Brigitte a réussi, en allant le reconduire tous les matins et le chercher tous les soirs, à convaincre Henri de reprendre le droit chemin ou au moins une routine de vie qui semble plus saine. Il a recommencé à se rendre à l'épicerie quatre jours par semaine pour placer les aliments et les produits divers sur les étagères, pour aider à vider le camion réfrigéré des quartiers de viande grâce à sa force presque herculéenne. Il est costaud, Henri. Il passe le balai, replace les paniers à roues, aide les gens à ranger leurs achats dans leurs sacs. Henri est une personnalité locale puisque tout le monde fait ses courses, achète ses aliments et autres denrées essentielles au IGA. Pas le choix, c'est le seul marchand d'alimentation du coin. Tout le monde connaît Henri, le libidineux et alcoolique mais tout de même gentil et respectueux trisomique de service.

Pendant plusieurs semaines, Brigitte a multiplié les interventions diplomatiques et maternelles pour qu'Henri recommence à travailler et accepte qu'Henriette travaille aussi, mais à l'animalerie, sans lui. Tout a fini par rentrer dans l'ordre. Au point où il arrive parfois qu'Henri et Henriette se retrouvent tous les deux assis, après la fermeture de l'animalerie, au fond du cagibi pour jouer avec les chiots, tenant chacun un bambin quadrupède dans ses bras, allant jusqu'à lui donner le biberon, parfaitement heureux, souriant et rigolant.

5

Brigitte et moi, nous nous connaissions avant de nous retrouver à Saint-Rancy. Nous nous étions croisés sur le circuit des clubs, alors qu'elle travaillait comme *feature*. Je ne me déshabillais pas, c'était pire, je faisais le comique. Quoi qu'en dise ma salace camarade, ma lubrique concubine, il est beaucoup plus difficile de faire rire les hommes que de les faire bander. Je sais de quoi je parle. Je ne suis pas qu'un agent d'immeubles, je suis aussi un diplômé de l'École de l'humour. Je suis un comique certifié. En tout cas, je l'ai été. J'ai participé trois fois au festival Juste pour rire, sans blague. J'ai déjà fait l'ouverture du spectacle de Martin Matte. Dans une entrevue accordée au journal *La Presse*, Yvon Deschamps a dit de moi que j'étais un talent prometteur.

Je maniais le *punch line* comme un vrai petit Casius Clay de la blague. J'ai sillonné le Québec tout seul, en duo, en trio. Gaspé, Saint-Jean, Trois-Rivières, Montréal, Laval, Longueuil, Sherbrooke, Gatineau, Rouyn-Noranda, Québec, Sainte-Julie, Gatineau de nouveau… Il n'y a pas de municipalité où je ne me sois arrêté. J'ai monologué en plein air, dans des théâtres, des arénas, des clubs, des bars, des estaminets de toutes les catégories. J'ai contribué à la rédaction des dialogues de la célèbre série *Tasse-toi de là*, qui a été primée trois ans de suite aux Gémeaux. J'ai vécu dans des hôtels, des motels, dans mon auto. Pas facile de s'endormir à 3 h du matin après avoir donné un spectacle, quand on carbure encore à l'adrénaline, surtout quand on sait que la prochaine représentation nous attend 150 kilomètres plus loin.

Mon meilleur numéro? Celui dont je suis le plus fier? J'étais le prolétaire, celui qui sort de la terre, qui s'extirpe de ses entrailles. J'étais l'homme du dégoût, l'envers de l'égo, un drôle de petit rigolo. L'idée m'avait été inspirée par le personnage du Grouch dans *Sesame Street*. Cette marionnette verte, velue et grotesque, qui vivait dans une poubelle et ne relevait la tête que pour se plaindre, geindre, gémir et se lamenter, exerçait sur moi une véritable fascination quand j'étais petit garçon.

J'ai commencé par faire des capsules de cinq minutes à la radio. Comme j'étais dans le trou, je diffusais en direct des égouts, je vivais dans les canalisations, perdu dans les intestins de la ville. Je commentais l'actualité locale, nationale et internationale comme si chaque événement était un malheur qui m'était personnellement arrivé, une insulte à moi destinée. Ma voix résonnait en écho, des bruits de rigole et de chasse d'eau retentissaient dans la trame sonore. Je pataugeais dans les toilettes, comme si le trou du cul du monde s'était soudain mis à parler et à faire la leçon.

Quand j'ai été promu à la télévision, mon petit numéro a été édulcoré par les producteurs et les commanditaires, qui ont tenu à éliminer les bruitages les plus obscènes. Ce que j'ai perdu en indécence sonore, je l'ai gagné dans le visuel, qui jouait pour beaucoup dans le succès qu'ont connu mes diatribes hebdomadaires pendant les deux ans où elles ont été incorporées à l'émission de variétés *En direct avec Marek*, jusqu'à ce que cet idiot de Marek décide que ce qu'il voulait vraiment faire, c'était du cinéma. Il a abandonné son *talk-show* pour jouer le rôle principal dans trois longs métrages qui ont été descendus en flammes par la critique et ignorés par le public. Aux dernières nouvelles, Marek, ce crétin, vit à Toronto, où il travaille pour une grosse boîte en relations publiques.

Rien ne dure, surtout pas dans le show-business. Quand même, tous les jeudis soirs, de 22 h 16 à 22 h 21, j'apparaissais au petit écran, la moitié supérieure de mon corps dépassant d'une authentique bouche d'égout où j'étais plongé jusqu'à la taille. Desceller une bouche d'égout n'est pas une mince tâche. En fait, c'est complètement illégal. Heureusement, quelqu'un dans l'équipe de production connaissait un col bleu, et personne n'a porté plainte. J'ai travaillé plongé dans des miasmes corrosifs, mais j'étais prêt à tout pour connaître la gloire.

Mon personnage se nommait Refoulé le Rejet, et mon segment s'intitulait « Le tout à l'égout ». Un générique en dessins animés, d'une durée de 24 secondes, illustrait comment ma mère m'avait jeté dans les toilettes à ma naissance. Tout comme les crocodiles et les alligators de la légende urbaine, plutôt que de mourir, Refoulé a proliféré, barbotant dans les marécages souterrains de la ville de Montréal, évoluant dans le dédale des canalisations, se nourrissant de déjections et de déchets, un véritable mutant de l'immondice, un champignon humain, la pourriture faite homme.

En tout, nous avons produit soixante-dix capsules. Toutes les semaines, Refoulé apparaissait avec, dans les mains, un objet qu'il avait repêché dans les égouts. Dans la liste de ses trouvailles, Refoulé comptait la robe de Monica Lewinsky, une balle de golf de Jean Chrétien, un morceau du stade olympique, les ongles d'orteils de Céline Dion. Pour ne pas décevoir les téléspectateurs et pour aller dans le sens de la croyance populaire, j'ai récité un de mes vitrioliques monologues avec un alligator sur les épaules, un peu comme s'il s'était agi d'une écharpe. C'était un tout jeune spécimen qui venait de manger et qui digérait paisiblement, indifférent à la caméra comme au reste du monde. Je prétendais l'avoir trouvé dans les égouts. Il allait devenir mon animal domestique.

Refoulé le Rejet demeure ma plus grande contribution à l'univers surpeuplé de l'humour au Québec. Ce personnage portait si bien son nom qu'il en atteignait une dimension mythique. Refoulé le Rejet, dans sa bouche d'égout, rejoignait Diogène dans son tonneau, Job sur son tas de cendres. Il était le juste qui souffre injustement et qui articule sa plainte avec un humour mordant, caustique, décapant. Il aurait pu faire de moi un homme riche si ce satané Marek n'avait pas été pris d'un délire de grandeur en se rêvant vedette de cinéma.

J'ai appris à la dernière minute que *Marek en direct* ne connaîtrait pas une troisième saison. Mon agent n'a jamais réussi à vendre Rejet à une autre émission. J'ai repris la tournée des bars avec mon lot de blagues et mon désenchantement. J'ai eu un accident et j'ai décidé de mettre fin à ma carrière de comique. Mince consolation, des gens me reconnaissent encore, parfois, dans la rue. Ils s'exclament «Hé! Refoulé!» ou encore «Salut, le Rejet!» Ça me fait toujours plaisir…

Je me suis endormi au volant en débarquant du traversier qui revenait de Natashquan, mon véhicule effectuant une embardée qui m'a presque éliminé pour de bon. J'ai été retrouvé le lendemain matin par un bon Samaritain qui passait par là. Inconscient, j'avais subi plusieurs fractures qui ont nécessité une longue hospitalisation et une réhabilitation encore plus longue. J'ai dû faire de la physiothérapie jusqu'à l'écœurement. Je ne garde pas trop de séquelles, juste quelques courbatures quand l'air est chargé d'humidité. Cet accident a quand même changé ma vie. Je venais d'avoir quarante ans, je ne me sentais plus la force de faire rire les gens. Mon chapelet de blagues m'apparaissait soudain comme un fardeau d'inepties.

Je ne voulais plus de ma vieille vie, je l'ai mise à la poubelle, il m'en fallait une nouvelle. Suivant les fougueux conseils de ma sœur, j'ai obtenu ma licence d'agent d'immeubles. J'ai utilisé mes dernières économies pour financer l'achat d'un condo au bord du fleuve, pendant que c'était encore possible. Avant l'ouverture du chantier, être agent d'immeubles ici équivalait à être gardien de phare ou militaire dans une zone éloignée, dépourvue de bateaux ou d'ennemis. De plus, miracle, j'ai trouvé l'âme sœur!

Brigitte a tout fait. Elle a commencé sa carrière à l'âge de dix-sept ans, à la Calèche du sexe, grâce à de faux papiers que personne n'était assez fou pour examiner de près. Elle a joué dans quarante-deux longs métrages, presque tous produits en Californie, où elle a vécu pendant près de dix ans. Pas une vie de tout repos. Pour suivre le rythme, elle carburait à la cocaïne. Elle conduisait une décapotable jaune citron. Elle passait ses journées à se faire bronzer, ses soirées à se faire baiser, sans parler de ses nuits qui s'étendaient souvent jusqu'à l'aube, jusqu'à ce que le soleil se pointe à l'horizon. Elle n'a aucune idée du nombre de partenaires qu'elle a pu connaître. D'ailleurs, elle ne s'en soucie pas.

— J'étais jeune, belle et paresseuse. J'aimais ça. Je possédais quatre-vingt-dix-sept paires de souliers à talons aiguilles avec g-string assorti. Je regrette de ne pas m'être rendue à cent.

Elle l'a fait avec un maharajah dans un jet privé, avec un sénateur dans une limousine, avec une vedette de la lutte dans de la gélatine. La vie bougeait vite, très vite, *fast lane*. Une de ses amies s'est fait assassiner par un amant de passage, une autre s'est suicidée, deux sont mortes du sida. C'était trop, ça ne passait plus.

Elle est revenue à Montréal. Elle s'est refait une fraîcheur. Elle est retournée cogner à la porte de la Calèche du sexe. Elle a réussi à se monter un numéro d'invitée spéciale. Elle portait, ou plutôt elle enlevait, des costumes, l'infirmière, la policière, la cow-girl, la couventine… Elle faisait la tournée des clubs de danseuses. Elle aidait même d'autres filles à gérer leur carrière. Elle avait un bon œil pour le talent. Elle les recrutait jeunes et pleines de bonne volonté, exactement comme elle l'avait été. Il y a de l'argent à faire dans ce business, c'est beaucoup mieux que de travailler dans un Walmart.

Elle se préparait à passer de l'autre côté, à travailler comme impresario. Les filles de Brigitte, ce n'était pas très original comme nom, mais personne ne se plaignait. Elle se débrouillait assez bien. Elle naviguait entre les doléances des danseuses, celles des gérants de club, l'organisation des horaires, des transports, la gestion de l'argent et de nombreux imprévus. Le crime organisé n'a pas apprécié cette intrusion dans un de ses secteurs de prédilection. Une des filles de Brigitte a été agressée aux petites heures, à la fin de son quart de travail. Ils ne l'ont pas violée, mais elle a dû être transportée à l'hôpital et n'a pu travailler pendant plusieurs semaines, le temps nécessaire à la guérison de son visage. Un avertissement. Même si ce n'est pas elle qui a mangé les coups, Brigitte en a fait une indigestion de laideur.

— J'aidais des jeunes femmes qui étaient prêtes à se mettre nues pour s'amuser et faire un peu d'argent. L'innocence même, jusqu'à ce qu'un gangster, un gros imbécile malpropre, décide d'imposer son caprice comme une loi, à coups de poing, de pied, de bâton. Pourquoi est-ce que ce qu'il y a de plus beau attire inévitablement ce qu'il y a de plus horrible ?

Elle s'est sentie trahie, usée, moche. Elle n'en pouvait plus, elle n'en voulait plus, d'elle-même, des autres, de tout, de rien. Dépression. Institution. Électrochocs. Convulsions. Longue, lente, pénible réhabilitation. Quand elle est sortie de là, ce qui restait d'elle a réussi à se traîner jusqu'à Saint-Rancy. Elle habite maintenant dans une maisonnette, dans le quartier surnommé Caronville, elle survit grâce au salaire qu'on lui verse pour veiller sur ses deux colocataires, comme elle les appelle.

— Henri et Henriette sont les deux personnes les plus gentilles que j'ai rencontrées dans toute ma vie.

Elle le dit comme elle le croit. Je ne vais pas la contrarier.

Je me délecte de ses restes. Nous avons nos scénarios. Elle porte son uniforme d'infirmière, en latex blanc et rouge, serti de la coiffe réglementaire. Elle me donne mon bain au lit, munie d'une éponge, d'une cuvette d'eau savonneuse et d'une cuvette d'eau claire. Elle en profite pour frôler mon visage avec ses seins qui ne demandent qu'à jaillir de son décolleté. Elle me lave et m'essuie des pieds à la tête. Elle garde le meilleur pour la fin, prenant son temps pour savonner ma queue raide d'anticipation, mes couilles joufflues. Elle est méticuleuse, appliquée. Elle grimpe dans le lit, me chevauche, s'enfile, s'empale sur moi. Ça dure longtemps, on fait ça lentement, rien de plus important ne nous attend.

Sinon, c'est l'uniforme de policière, incluant menottes et matraque, je passe à la fouille, les mains sur le mur, les jambes écartées, elle me trousse, je tousse. En petite écolière, socquettes blanches, jupette à carreaux, elle se fait des lulus, lèche un suçon, m'appelle Monsieur, s'agenouille pour me sucer, me demande si j'aime ça, reçoit la fessée si elle n'est pas assez appliquée. En dominatrice, cuir noir, cravache, elle m'attache une laisse au cou, me traîne à quatre pattes, exige que j'embrasse ses pieds. Femme chat, elle rampe, féline, m'offre sa chatte tandis qu'elle lape son lait dans un bol. Wonder Woman, avec son lasso de vérité, elle me force à tout avouer, je ne peux rien lui cacher. Schéhérazade, de voiles vêtue, un rubis dans le nombril, elle danse du ventre, ondule comme un serpent. La prisonnière à l'uniforme rayé, l'extraterrestre à la peau verte, la femme de la jungle à la peau léopard…

Mille maîtresses, toujours la même. Une face, mille grimaces. Aucun scénario ne nous rebute, aucun fantasme ne nous arrête. Nous sommes des pervers et nous nous assumons. Nous grognons comme des bêtes en nous filmant avec sa caméra numérique. Nous nous regardons faire et nous recommençons. Joie de combat. Contentement, aise, plaisir. Luxe, volupté. L'ennui ne nous aura pas. La quête de l'orgasme comme ultime refuge métaphysique. Le tantra du sexe. Déroulement, continuité, méthode, application. Multiplication des positions. Kama sutra. Cosmologie, rites, rythme, yoga, dépassement de soi.

Heureux parce que cachés. Cachés parce que heureux. On joue au marquis de Sade derrière des volets clos. C'est notre droit. Nous sommes en démocratie. Économie de marché, on se dépense. Elle est ma Madame de Sainte-Ange, je suis son Dolmancé. Nous philosophons dans le boudoir et ailleurs. Sans autres attaches que celles que nous nous donnons. *The lady and the tramp*. La belle et la bête. C'est nous. L'érotisme érigé en guérilla. Mort à la banalité suburbaine!

Quand nous nous sommes rencontrés pour la première fois au Hilton de Laval, dans le cadre d'un colloque des vendeurs d'assurance-vie du Canada, nous avions été invités pour pimenter la soirée de ces messieurs. Après le souper, dans la grande salle de réception, ils tombaient le veston et dénouaient la cravate, le front moite à la suite de leurs efforts de digestion. Dans les coulisses, au premier coup d'œil, nous avons compris que nous sommes tissés de la même fibre. Elle dansait en chapeau de cow-boy plus grand que nature, avec des bottes blanc et bleu, un g-string rouge et des étoiles en brillants pour cacher ses mamelons. La direction de l'hôtel n'acceptait pas qu'elle termine son numéro complètement nue, ce qui avait beaucoup contrarié l'organisateur de la soirée :

— Nos gars travaillent fort toute l'année, ils ont bien le droit de rigoler, avait-il ronchonné.

La cow-girl Brigitte brandissait ses colts en plastique sur l'air de *Bang bang* tout en girouettant du popotin. Elle a fini son numéro à quatre pattes, le cul pointé vers le ciel, la joue gauche collée au plancher, le canon d'un de ses revolvers dans la bouche. Elle le suçait goulûment. Elle a eu beaucoup de succès ce soir-là. Je peux comprendre pourquoi. En tout cas, moi, j'aimais ça.

J'avais réchauffé la salle pour Brigitte avec mes blagues les plus salaces, mon éternelle ritournelle au sujet des blondes, des belles-mères et du maudit gouvernement. Les vendeurs d'assurance avaient beaucoup bu. Ils étaient fatigués de parler après avoir passé la journée à s'échanger des trucs sur comment fourguer leur contrat à long terme avec invalidité garantie pour une belle après-vie. Un public parfait pour moi. J'ai réussi à les faire rire et à me faire applaudir sans même avoir à me déculotter pour leur exhiber mes boxers mauves à pois roses, mon arme de la dernière chance.

Brigitte et moi nous sommes retrouvés dans la chambrette fournie par l'hôtel pour nos ablutions et nos changements de costumes. Nous n'avons même pas eu besoin de nous parler, c'était nous contre eux, les vendeurs d'assurance-vie contre ceux qui n'y croyaient pas. Nos langues se sont mêlées dans un tango endiablé, mes mains sur ses seins, les siennes s'attaquant à ma braguette. Elle était couverte de sueur, c'était très cardio, son numéro. Le striptease pour maintenir la forme, je le recommande. Dans une pose post-coït classique, complètement débraillés, étendus sur le sol, fumant une cigarette en contemplant le plafond, nous nous tenions par la main. C'est toujours comme ça entre nous, le sexe le plus cochon mélangé à la tendresse pré-adolescente.

Ça n'a pas été long qu'elle a repris le volant de sa fourgonnette, et moi, celui de ma Mazda. On ne pouvait pas traîner, un employé cognait déjà à la porte. La chambre d'hôtel pour la nuit n'était pas incluse dans notre forfait.

On s'est revus quelques années plus tard au dépanneur de Saint-Rancy, celui-là même qu'on craignait de voir fermer, comme la caisse populaire avant le boum immobilier. On s'est tout de suite reconnus et c'est fou ce que ça nous a fait du bien. Elle sortait de la clinique et elle venait de se teindre les cheveux en bleu, histoire de se donner l'impression d'être encore vivante. Je peignais des fleurs, chacun son affaire.

Si elle n'avait pas été accompagnée de ses deux protégés, on l'aurait fait dans la chambre froide, qu'on venait d'embuer avec la chaleur de nos retrouvailles. On ne peut pas tout avoir dans la vie, il a fallu modérer nos ardeurs. J'étais vraiment content, une amie pour m'aider à lécher mes plaies! Brigitte n'était pas la seule à être tombée bien bas, le simple récit de ses séances d'électrochocs suffisant à me lever le cœur et à me donner l'envie de me cogner la tête contre les murs.

6

Au-delà de Caronville se trouve la forêt enchantée où les animaux magiques, les licornes, les lions ailés, les elfes, les sylphes, les sirènes et les gibelins dansent leur allégresse toutes les pleines lunes, dans un champ de trèfles à quatre feuilles... Sérieusement, Caronville est bordée d'un parc qui lui-même s'achève là où commence le secteur des terres agricoles nous séparant de la.municipalité suivante.

La vitesse de la progression du développement immobilier donne à craindre qu'il n'y aura plus, bientôt, sur tout le territoire, que des bungalows, des temples commerciaux et des stations-service. Une vaste et désolante Sibérie d'uniformité où le centre commercial se sera imposé comme ultime et dernier lieu de la culture humaine avec ses cinéplexes pour maîtriser l'imagination, ses chaînes de restauration rapide, du McDo au Taco Bell, pour enlever toute forme de plaisir au processus d'alimentation, et ses boutiques de vêtements fabriqués au Bangladesh par des enfants sous-scolarisés pour garantir un look néo-ado à toute la population. Le meilleur des mondes. La dictature du bonheur. Fascisme rose.

Dommage, j'aime venir marcher au parc, trouver la solitude à l'ombre de ses arbres tout en fumant le petit joint qui me délivre des affres et des tourments du vendeur immobilier que je suis devenu. Entre deux visites de maison modèle, je m'isole ici, l'après-midi, avec un sandwich, une bouteille d'eau et une cocotte de marihuana. J'en profite pendant que c'est encore possible, avant que l'iceberg de l'Americana ait tout rasé sur son passage. Lorsque nos ancêtres sont arrivés sur ce bout de continent, il n'y avait que ça, de la forêt. Si le maire de Saint-Rancy arrive à ses fins, nous aurons bientôt éradiqué cette plaie.

Je marche à grandes enjambées tout en profitant de l'odeur de la verdure. Je ne suis pas vraiment écolo ou grano. Je m'échappe, je fuis mes responsabilités, je m'éloigne du bureau où un éventuel client pourrait toujours venir me tarauder de ses sempiternelles questions. Si le chantier réussit à étendre ses tentacules jusqu'ici, il n'y aura plus d'endroit qui n'en soit pas un, plus de lieu qui soit un nulle part, plus de possibilité de flâner à l'abri des regards. Bref, ce sera un désastre sur le plan métaphysique bien plus qu'écologique ou géographique.

Perdu dans mes rêveries, je n'entends pas la branche craquer derrière moi. Je sursaute lorsqu'une voix m'apostrophe :

— Haut les mains !

Je me retourne pour apercevoir Jocelyn Tremblay habillé en civil, ce qui signifie, dans son cas, bermudas d'armée et t-shirt des Bulls de Chicago. Il brandit un revolver dans ma direction, son sourire d'imbécile heureux lui fendant le visage :

— C'est dangereux de se promener seul dans la forêt, Rio. Tu pourrais rencontrer le grand méchant loup.

— Qu'est-ce que tu vas faire ? Tu vas m'abattre ?

— Peut-être bien. Tu serais étonné du nombre de policiers qui, tout au long de leur carrière, n'ont jamais l'occasion d'utiliser leur arme. Moi, le doigt de la gâchette me démange. C'est bien simple, j'ai des spasmes à l'index.

— Tu es vraiment un petit minable.

— J'aime ça quand tu me dis des mots d'amour.

Saint-Rancy ayant aboli sa police municipale dans l'espoir d'alléger le fardeau fiscal de ses citoyens, le maintien de la sécurité et de l'ordre a été relégué à des patrouilleurs de la Sûreté du Québec. Plus souvent qu'autrement, c'est Jocelyn qui nous donne une contravention si nous roulons trop vite ou qui accourt à notre secours si des jeunes défoncent notre porte-patio pour voler notre ordi.

Ce n'est pas la première fois que nous nous croisons dans le parc, mais, habituellement, nous gardons une assez bonne distance pour ne pas avoir à nous parler. Jocelyn ne vient pas profiter de la fraîcheur ou se recueillir, il est là pour abattre son recyclage. Littéralement, il traîne son bac bleu jusque dans la forêt, où il aligne les cartons de lait vides, les boîtes de conserves éviscérées, les pots de verre délestés de leur contenu qui lui servent de cibles tandis qu'il joue au cow-boy, gaspillant des munitions payées, j'imagine, à même les deniers publics. Brandissant son machin dans ma direction, Jocelyn passe une main sous son menton :

— Je suis allé à un enterrement de vie de garçon, l'autre soir.

— Décidément, les grands esprits se rencontrent. Laisse-moi deviner, vous vous êtes fait tout un cinéma...

— Tu pourrais me la prêter, ta dulcinée ? Un homme de plus ou un de moins, qu'est-ce que ça change pour elle ?

Pour toute réponse, je lui tourne le dos et je commence à marcher vers mon automobile. Une détonation me fait sursauter, me forçant à arrêter. Je regarde par-dessus mon épaule. Il a l'air fier de lui.

— Dis-moi que tu as tiré en l'air. Dis-moi que tu n'as pas vraiment fait feu dans ma direction.

— Je n'aime pas tirer en l'air. On ne sait jamais où ça va retomber.

Refusant de me laisser intimider, je continue d'avancer. Jocelyn est un débile profond, mais quand même... Comme j'atteins la lisière des arbres, j'entends sa voix :

— Tu ne pourras pas toujours la garder pour toi. C'est trop pour un seul homme ! Tu vas devoir la partager un jour où l'autre !

Je m'abstiens de répondre.

Je n'aime pas aller souper chez ma sœur, la mairesse. Le maire, Michel Faneuf, golfeur et aficionado de Winnebago, sera présent. Un calvaire ! Je serai obligé de me le rappeler, cet homme fait partie de ma famille, il est mon beau-frère, nous sommes liés parce que, justement, ma sœur a choisi de s'unir à lui pour la vie. Quand j'y pense, je me remets en question, je crains mon bagage génétique, je sonde le mystère de mes origines et je tremble. Si ma propre sœur, avec qui je partage quelque chose d'aussi intime que l'ADN, peut faire des choix si discutables, si carrément condamnables, de quelle bêtise suis-je moi-même capable ? Un souper chez ma sœur est comme un miroir déformant qui me renvoie une image hideuse et menaçante de ma personne. C'est une épreuve dont je ne me remets qu'après plusieurs jours de repos. Heureusement qu'il y a mon neveu, Jacob...

Si j'oublie sa tare matrimoniale, ma sœur se distingue par de nombreuses qualités. Par exemple, elle confectionne des maillots de bain pour femme. Elle fait ça à la main, dans son sous-sol. Des clientes traversent la province simplement pour qu'elle leur fabrique un bikini ou un maillot de ses doigts agiles et efficaces. La demande dépasse largement sa capacité de production, surtout au printemps. Elle représente, pour bien des âmes en peine, une solution de rêve, une panacée, une ressource inespérée.

Il est difficile, pour un homme, de comprendre le lien qui unit une femme à son maillot. La tyrannie du bikini n'a pas de limites. Comment dévoiler tout en cachant ? Quel calvaire pour celles, si nombreuses, qui ne possèdent même pas un corps passable, mais qui souhaitent profiter de la plage, prendre des bains de soleil, jouir des vacances avec leur famille dans le cadre de ce rituel atavique qui unit l'humain, le soleil et l'eau. La femme de chair et d'os ressemble peu, on la comprend, à son reflet de pure lumière tel qu'il se manifeste à la télévision, au cinéma et dans les revues au papier glacé. N'ajustez pas votre image, lui répète sans cesse le murmure marchand, ajustez votre corps. Ce n'est pas toujours évident. Tout se passe comme si les femmes étaient expropriées de leur véritable corps en faveur de l'idée qu'on s'en fait…

Elles ont beau multiplier les tentatives pour reprendre possession du terrain, ce n'est pas facile. Les régimes, l'exercice, le gym, les différentes tortures qu'elles s'infligent ne donnent pas toujours les résultats espérés. Elles se triturent, se malaxent, se pincent le gras, se reluquent dans le miroir, se découragent. Certaines d'entre elles, parmi les plus chanceuses, accèdent à ma sœur. Son art tient à la fois de la haute couture, de la débrouillardise et de la prestidigitation. Elle sait effacer le défaut, amenuiser l'imperfection, dissimuler la tare. Elle souligne la cuisse lorsque le sein manque, décollète la gorge lorsque la taille devient le ventre, soutient la fesse pour qu'elle ne ressemble pas à un bol de gélatine.

Monique, ainsi se nomme ma sœur, ne trouvait pas de maillot à son goût. Trop chers, trop moches, trop minables, avec des couleurs qui ne résistent pas à l'eau, ils ne lui plaisaient pas. Elle a fait des recherches, elle a trouvé les tissus, les élastiques, les bonnets. Elle a sorti sa vieille machine à coudre du garde-robe. Elle s'est confectionné le une-pièce de ses rêves. Elle en avait besoin pour passer une semaine dans les Laurentides, où son maire de mari participait à un tournoi de golf.

Elle y a croisé une vieille amie qui, subitement entêtée, a refusé de l'accompagner à la plage. Une longue promenade, prétexte à une émouvante conversation, devait permettre à ma sœur Monique d'apprendre que son amie, à la suite d'un cancer foudroyant, venait de subir l'ablation du sein droit. Ma sœur, pingre comme pas une, se soucie du sort de l'Afrique comme d'une vieille chaussette, mais peut pleurer pendant trois jours si elle voit un chaton se faire frapper par une automobile. À chacun sa sensibilité… Monique a été complètement bouleversée par les infortunes de son ancienne condisciple. Elle a alors entrepris, dès son retour à la maison, de lui confectionner, à elle aussi, un maillot. Un exercice qui a été comme une illumination, un moment de grâce, une révélation. Voir cette femme se déshabiller devant elle, exposer ses cicatrices, se dénuder de toutes les manières a fait chavirer le cœur de Monique.

Elle a aussitôt décidé qu'elle avait été mise sur la terre pour venir en aide aux femmes écorchées par les trop nombreuses aspérités de l'existence humaine. Elle a transformé son sous-sol en salle d'essayage, tentant d'être le plus feng shui possible. Elle a acheté un paravent à motif asiatique, une petite fontaine intérieure parce qu'il n'y a rien de plus apaisant que le bruit de l'eau qui coule. Des fougères, des bouts de bambou, un éclairage tamisé mais pas trop ont constitué le reste du décor.

Dans la pièce attenante, la vieille machine à coudre a trouvé une position permanente et même de nouvelles amies. À la fin de l'hiver, lorsque la demande grossit, ma sœur engage deux Mexicaines qui parlent à peine français. Elles effectuent le trajet en transport en commun depuis Montréal pour aider Monique à coudre les maillots qu'elle conçoit à toute vitesse. Le nombre de ses clientes ne cesse de croître grâce à un bouche à oreille plus qu'enthousiaste.

Toute cette activité a causé l'ire de son mari. Le maire voyait surtout un problème politique potentiel dans les occupations clandestines de son épouse. Monique n'a pas de permis pour exploiter un commerce dans sa résidence. La visite d'un inspecteur municipal est évidemment hors de question. Aucun des employés de la mairie n'oserait susciter le courroux de son vindicatif patron. Mais le fisc, les impôts fédéraux ou provinciaux, pourrait se pointer le bout du nez…

L'embauche des deux Mexicaines a causé un schisme majeur au sein du couple. Michel paniquait à l'idée de ce que la révélation de cette ignominie pourrait faire à sa carrière politique, sans parler des éventuels dégâts à son standing de golfeur amateur extraordinaire. L'exploitation de travailleurs illégaux et de plus immigrés est non seulement un crime grave, mais aussi et surtout un acte très mal vu dans les cercles BCBG qui constituent la partie la plus fortunée des bailleurs de fonds politiques et des acheteurs de caravanes sans qui Michel ne pourrait tout simplement pas être Michel.

Mais ma sœur Monique n'est pas du genre à se laisser mener par le bout du nez, dicter sa conduite, bousculer sans résister. Elle a tenu tête à son mari qui a émigré vers le salon, passant ses nuits sur le sofa. Il est revenu à l'assaut, et elle l'a menacé de divorcer, un bluff assez audacieux. Elle n'avait pas du tout l'intention de recommencer sa vie avec un autre homme. Monique aime Michel, son mâle alpha, son triomphateur sur le terrain de golf, son politicien sur la scène municipale, son vendeur aguerri, son capitaliste convaincu. Un divorce bouleverserait sûrement Jacob, avec qui elle ne sait pas toujours parler. Elle éprouve déjà assez de difficulté à trouver le mot juste avec lui. Elle ne le comprend tout simplement pas la plupart du temps.

En cas de divorce, Michel refuserait de quitter Saint-Rancy, Monique en était convaincue. Elle devrait s'y trouver un logement à coût raisonnable, tâche presque impossible, surtout avec le boum immobilier actuel. Elle se jurait de le saigner à blanc si jamais il la forçait à mettre sa menace à exécution. Le drame a trouvé son heureux et temporaire dénouement à 2 h du matin, au cœur d'une nuit d'insomnie, alors que Michel s'était levé du sofa du salon, pressé par sa vessie, pour trouver Monique attablée dans la cuisine à manger un bol de céréales.

Ils ont discuté longuement et calmement, trop fatigués pour se lancer des bêtises par la tête. Monique a réussi à convaincre Michel, pour un temps. Si elle devait se faire prendre, risque assez minime, les travailleuses mexicaines n'étant là que deux ou trois semaines par année, sa réputation d'honnête homme ne serait pas entachée, mais au contraire ragaillardie, renouvelée au centuple. De quoi était-il question ? D'aider des femmes aux prises avec un discours social chargé d'exigences sans précédent, à une époque où les valeurs nazies ont été reprises par les clips, les affiches, les rengaines publicitaires qui nous bombardent sans cesse le même message : soyez jeunes, désirants et désirables, consommez, produisez, n'arrêtez jamais de vous donner à fond, toute flânerie sera jugée comme un crime antiproductiviste et sévèrement punie.

Au fond, argumentait Monique, surprise par sa prolixité, il était sans fin le capital politique que pourrait tirer Michel, non pas de sa participation active, mais de sa simple tolérance. Il se devait d'accepter sous son toit cette cellule révolutionnaire de femmes tentant de reprendre le contrôle de leur apparence grâce à la confection non pas usinée ou standardisée, mais personnalisée de maillots de bain, de bikinis, ces tchadors renversés de la société capitaliste qui encouragent à tout montrer plutôt qu'à tout cacher.

Le couple a quitté la table de la cuisine pour se rendre au sous-sol, inspectant, pour ainsi dire, la scène du crime, où les travailleuses mexicaines, lorsqu'elles y étaient, se trouvaient mieux traitées qu'en usine. Elles recevaient un meilleur salaire, et les exigences de production étaient moindres. Parfois, affirma Monique décidément en verve, la désobéissance civile est la plus humaine des options. Monique alla même jusqu'à prétendre qu'ils auraient intérêt à se faire prendre, qu'ils devraient songer à se dénoncer eux-mêmes.

Michel l'a prise dans ses bras, l'a tendrement embrassée, lui a dit d'accord, d'accord, j'abdique, pour l'instant. Il n'en pouvait plus du salon, le pauvre... Le soleil se levait, les oiseaux commençaient à pépier, le couple bayait justement aux corneilles. Monique n'en revenait pas de tout ce qu'elle avait dit, réussissant à convaincre non seulement son mari, mais surtout elle-même de l'importance de ce qu'elle pouvait maintenant appeler sa mission. La croissance continue de sa clientèle confirmait son opinion : les femmes aiment les maillots faits à la main selon leurs besoins.

Cette discussion leur a fait du bien. Michel et Monique ont non seulement regagné ensemble le lit conjugal, mais ils ont aussi baisé en cuillère, ce qui ne leur était pas arrivé depuis belle lurette. Et dire que j'ai accepté une invitation à souper chez ces gens-là…

7

Nous sortons tout droit d'une toile d'Otto Dix. Cet après-midi, je joue au cambrioleur. Je me faufile par une fenêtre du sous-sol dans l'espoir de dévaliser la maison de Brigitte qui, bien évidemment, me surprend en plein forfait. Armée d'une carabine non chargée – mais comment le cambrioleur que je suis pourrait-il le savoir ? –, elle menace d'appeler la police. Je suis réduit à un état de servitude, ma foi, total et absolument jouissif. Assise sur mon visage, elle se trouve assez bien pour y rester un bon moment...

Fin de journée. Henriette rentre seule et en larmes, ce qui signifie qu'Henri est parti faire des galipettes. Brigitte a beau le ligoter par les liens d'une routine inébranlable, le menacer, le cajoler, le supplier, le dorloter, lui faire subir les conséquences de ses écarts en supprimant certains de ses menus plaisirs, comme la télévision payante, elle ne peut empêcher Henri d'aller se saouler à la Taverne Généalogique si ça lui chante. Après tout, il est majeur et vacciné. Cela dit, quand il boit, il boit trop, et quand il boit trop, il devient le souffre-douleur des clients de la taverne, qui ne sont pas tous recommandables, qui se moquent de sa diction, de son apparence, qui le fâchent et le font tourner en bourrique.

Une fois, sur un pari, au cours d'une de ses dangereuses beuveries, Henri a mangé douze œufs durs dans le vinaigre. Inutile de préciser qu'il a été malade comme un chien. Brigitte a dû ramasser les dégâts. Si j'étais un homme, un vrai, à la Clint Eastwood, à la Schwarzenegger, j'irais leur casser la gueule, leur faire du karaté jugulaire, je leur boxerais le plexus solaire à tous ces connards de la Taverne Généalogique. Mais je ne sais pas me battre, je n'ai ni le physique ni l'habileté de mes convictions.

Dans les grands moments de détresse, je préfère laisser Brigitte sauter dans sa fourgonnette aller, seule, transformer sa faiblesse en force, en arme d'humiliation massive, du genre « vous n'avez pas honte ? ». C'est d'autant plus efficace que les soûlons de la Taverne Généalogique ont tous déjà vu au moins un de ses films. Il n'y en a pas un dans le lot qui ne se soit pas masturbé en la regardant...

N'osant pas la traiter de salope de vive voix, ce qu'ils ne manquent pas de faire dès qu'elle est sortie, les habitués se laissent intimider par elle, par son authentique colère, par son juste courroux, par les reproches légitimes qu'elle leur balance en pleine figure dans un langage assez châtié, merci. Et même s'il y en a plusieurs qui racontent dans notre dos que nous couchons ensemble tous les quatre, Brigitte, Henri, Henriette et moi, ce qui est absolument faux, personne n'oserait lui dire pareille horreur en pleine face. La stupidité des crétins qui passent leur vie à la Taverne Généalogique a des limites. Brigitte a raison de les houspiller, et ils le savent. Comme quoi il y a de l'espoir pour l'humanité.

Ce soir, ce qu'il y a de vraiment grave, de terriblement inquiétant, c'est que Brigitte rentre, plus d'une heure après son départ pour la taverne, seule et bredouille. Elle a arpenté les rues de la municipalité, a visité chacune des cachettes préférées d'Henri, sans le trouver. Henriette, avec qui je suis resté, essayant de la consoler, s'agite, cligne des yeux, se gratte frénétiquement l'avant-bras, laboure sa chair de ses ongles. Elle a tendance à faire de l'eczéma, et ça ne guérit jamais, ces bobos-là. Pourtant, Henri n'en est pas à sa première fugue, à son premier écart de conduite, il finit toujours par rentrer sain et sauf. Il ne lui arrive jamais rien de terrible. Je le rappelle aux deux femmes pour tenter de les calmer. Il a mal choisi son soir, Henri, j'allais justement parler à Brigitte du petit problème de l'expropriation…

Brigitte se contente de me jauger du coin de l'œil en pinçant les lèvres. Elle l'a plus d'une fois récupéré dans un fond de ruelle, l'ami Henri. Elle l'a nettoyé alors qu'il baignait dans son vomi, dans ses excréments. Elle a dû plus d'une fois soigner son nez écrasé et sanguinolent, sa lèvre fendue. Elle sait trop bien de quoi Henri est capable une fois qu'il est sorti de ses gonds. Elle croise les bras et secoue la tête en se demandant où il peut bien être. Henriette s'inquiète pour son homme, comprend d'instinct mieux que quiconque sa pulsion de mort, sa tendance à l'autodestruction. Elle se gratte avec rage. Ainsi passent de longues minutes, des miettes d'éternité qui nous sapent le moral.

Le timbre de la sonnette retentit. Comme si nous avions simultanément subi un choc électrique, nous bondissons vers la porte, où nous sommes confrontés au spectacle que nous aurions par-dessus tout voulu éviter. Henri, l'air piteux, la tête entre les épaules, les yeux mi-clos, les mains jointes devant lui comme pour quémander le pardon, sentant la bière à plein nez, nous est ramené par le constable Tremblay, celui-là même qui aime assassiner son recyclage. Jocelyn Tremblay, sans aucun doute, s'est enrôlé dans la police pour cacher derrière le badge et l'uniforme le vide intrinsèque qui constitue son être. Entre autres imbécillités que lui permettent son statut de patrouilleur pour la Sûreté du Québec et sa situation de représentant de l'ordre officiel, la criminalisation des écarts anodins d'Henri est sûrement l'une de ses préférées.

Chaque fois qu'il en a l'occasion, le constable Tremblay arrête Henri, le traîne jusqu'au poste de police, menace de l'accuser en bonne et due forme pour ébriété sur la voie publique et incitation au désordre. Agit-il de la sorte pour compenser son manque de cœur et de cerveau? Parce qu'il n'y a pas suffisamment de criminalité à Saint-Rancy pour justifier son poste? Parce qu'il espère que le dévouement de Brigitte l'incitera éventuellement à coucher avec lui pour protéger son délinquant préféré? S'agit-il d'une combinaison de deux ou de plusieurs de ces raisons? J'aurais de la difficulté à le dire. Une chose est certaine, Tremblay semble déterminé à transformer en criminel ce pauvre Henri, qui n'a jamais fait de tort qu'à lui-même, dont les abus ne sont qu'autodestruction et jamais cause de préjudice à autrui.

En les voyant tous les deux dans le cadre de porte, Henri penaud et Tremblay triomphant, je ne peux retenir un soupir de soulagement. Au moins, il ne l'a pas amené au poste pour l'enfermer dans une cellule. Il n'a pas appelé Brigitte pour lui ordonner, de sa voix nasillarde d'épais, de venir chercher Henri avant qu'il ne le fasse passer devant un juge. Car Jocelyn Tremblay, grand, maigre, les yeux bleus profondément enfoncés dans le crâne, le nez long et croche, les lèvres et le menton inexistants, impute à son immense clémence le bonheur dont profite Henri, celui de ne pas avoir été puni comme il le mérite pour ses multiples incartades, pour ses anarchiques déambulations dans les rues de Saint-Rancy. C'est pourquoi, même si le méchant est celui qui porte l'uniforme et pas le contraire, Brigitte sourit de toutes ses dents. Si Jocelyn Tremblay lui fait la vie dure, il pourrait à tout moment la lui gâcher complètement :

— Merci Jocelyn. Tu es trop bon de me le ramener. Je t'en suis très reconnaissante.

— Ce n'est rien, annonce le mécréant. Mais tu dois exercer plus d'autorité, Brigitte. Je ne peux pas laisser un handicapé mental errer ivre dans les rues de la ville. C'est un facteur de risque trop élevé.

Voilà ce qu'il serine, ce crétin fini, en articulant avec un excès de précision et en poussant la voix :

«HAN-DI-CA-PÉ MEN-TAL» et «FAC-TEUR DE RIS-QUE». Il jette d'ailleurs un regard dans ma direction, comme si c'était moi le débile qu'il veut arrêter dans tous les sens du terme. Je me retiens de lui dire ce que je pense. De toute manière, il le sait, je le lui ai déjà gueulé à la tête en le traitant de fasciste, ce qui n'a rien fait pour améliorer notre relation.

Brigitte tousse discrètement, son poing devant sa bouche. Ce n'est pas le moment de me laisser aller à mes grands élans de sincérité. Je ferais aussi bien de me taire, la situation pouvant dégénérer. Elle prend la main d'Henri, le tire dans la maison, se place entre lui et le policier. Elle sourit encore plus largement, comme si c'était possible, effectue un quart de rotation des épaules et des hanches comme pour dire : c'est fini, on efface et on oublie. Elle pousse un soupir de soulagement.

— Encore une fois, merci. J'apprécie beaucoup ta diligence et ta compréhension. Passe une bonne fin de soirée, Jocelyn.

Il incline la tête à gauche et à droite, comme un chien qui hésite. Il la fixe de son regard de charognard, finit par hausser les épaules :

— D'accord, Brigitte. J'espère que nous n'aurons pas à nous revoir dans de pareilles circonstances. Tu sais que nous pourrions avoir une relation plus agréable, toi et moi. Bonne fin de soirée.

Et il touche la visière d'une casquette imaginaire avec le bout de son index, comme un vrai flic de cinéma, avant de faire demi-tour pour regagner son véhicule et nous ficher la sainte paix. Ce n'est pas trop tôt. Brigitte referme la porte, s'y appuie, inspire profondément, se pince la base du nez, cherche en elle, sans doute, la force nécessaire pour surmonter les obstacles placés sur son chemin par la bêtise humaine. Penaud, la tête basse, Henri marmonne :

— Je m'excuse, Brigitte.

— Ce n'est pas ta faute. Tu as le droit de vivre. C'est lui, l'imbécile.

Les nouvelles se suivent et se ressemblent : elles sont toutes mauvaises.

— Vraiment ? C'est sérieux ?

Brigitte pâlit, ses genoux fléchissent. Elle se tire une chaise et s'assoit à la table de la cuisine.

— Nous exproprier ? Ça n'a pas de sens. Où allons-nous aller ?

Elle passe une main dans ses cheveux, regarde par la fenêtre, mouille ses lèvres du bout de sa langue.

— Ça ne coûte pas cher, ici. Le loyer est vraiment minime. Je ne pourrais pas vivre en ville, en appartement. Henri non plus. Ici, on a une cour, de l'oxygène. On a une maison à nous. On a une vie. C'est quoi le problème ? Pourquoi ils ne veulent jamais nous laisser tranquilles ? C'est toujours une chose ou une autre…

Elle a de la difficulté à respirer tellement la nouvelle s'abat sur elle comme une tonne de briques.

— Henri et Henriette ont leur routine. Ils ont leur emploi. C'est déjà assez compliqué, surtout pour Henri. On ne va tout de même pas tout recommencer ailleurs. C'est trop. L'expropriation, en plus de tout le reste, non. Il y a des limites. Il doit y en avoir.

Brigitte frappe du poing sur la table.

— Sais-tu que 96 % des trisomiques dépistés sont avortés ? C'est un génocide chromosomique. Un massacre d'innocents organisé et financé par la techno-science capitaliste. Les trisomiques coûtent trop cher pour qu'on leur donne vie. Ils causent trop de problèmes !

Carburant à l'indignation, elle se lève, fait le tour de la table en agitant ses mains comme un tribun devant une foule :

— Dans *La vie est belle*, Benigni nous montre des nazis calculant avec bonheur les économies réalisées en supprimant les personnes handicapées. Nous en sommes rendus là. On ne veut pas donner naissance à des anormaux par souci d'économie. L'exigence de l'enfant parfait devient la norme.

Elle s'arrête à un pas de moi, me martèle le creux de la clavicule avec un index accusateur :

— Plus de trisomiques, plus de trisomie. Plus de malades, plus de maladies. Plus de handicapés, plus de handicaps. On pourrait continuer avec la pauvreté et les pauvres, la vieillesse et les vieux…

Elle brandit son poing devant mon visage comme si elle allait me *knock-outer* :

— La simple existence d'Henri et d'Henriette est un pied de nez au productivisme génétique qui anime notre société ! Ces deux-là n'avaient aucune chance de venir au monde, et pourtant, ils existent ! Et là, faute d'avoir réussi à les avorter, on voudrait les exproprier !

— Le productivisme génétique ? Brigitte, je…

— Tais-toi ! Tu vas dire une bêtise, je le sens. Au fond, tu es comme les autres. Tu me crois idiote parce que j'ai fait de la porno… Je suis abonnée à l'Internet! Et je sais lire! Je suis extrêmement bien informée au sujet des trisomiques et des sévices qu'on leur fait subir.

— Je n'en doute pas. Sauf que…

— La génétique est un outil au service de la police. Entre une carte génétique et une carte d'identité, la frontière est mince. Quelle est la norme de l'humanité?

— Je ne sais pas. C'est une bonne question.

— Tu ne crois pas si bien dire. En 1997, le professeur James Watson, prix Nobel codécouvreur de la structure de l'ADN, s'est déclaré favorable à la liberté des femmes de ne pas avoir d'enfant homosexuel si jamais on découvrait un jour un diagnostic prénatal pour cette «caractéristique». Il faisait une comparaison avec la trisomie!

— C'est inquiétant, mais je ne vois pas le lien…

— Le jour où ils vont trouver le chromosome du fumeur de pot fainéant dans ton genre, ils vont t'éliminer de la carte! Toi et tes semblables!

— Oui, mais…

— On ne bougera pas! Cette chasse aux trisomiques a assez duré! Henri et Henriette vont rester ici!

— Ce ne sera pas un combat facile. Michel est très déterminé.

— Je le déteste, ton beau-frère.

— Tu n'es pas la seule.

— Et nous? Mon pauvre Rio, tu as pensé à nous? Qu'est-ce que je ferais, moi, sans ta langue, tes doigts, ta peau, ta queue… Je n'ai jamais été aussi peu malheureuse. Je veux rester ici.

— Il y a un sculpteur qui s'intéresse à notre cas.

— Le chauve qui fabrique une armure chez Rainbow?

— Exactement.

— Qu'est-ce qu'il peut faire pour nous?

— C'est une sorte d'artiste activiste. Un spécialiste des causes perdues.

— Notre cause n'est pas perdue, Rio, on vient tout juste de la trouver. Mais on peut lui parler quand même.

— Il s'appelle Damien Roy.

— Rio?

— Oui Bibi?

— Sais-tu que les trois petits chromosomes 21, ceux qu'a découverts Jérôme Lejeune en 1959, forment une étoile une fois réunis en bouquet?

— Non, je ne savais pas.

— Cette étoile doit nous mener vers la compréhension et l'amour, pas vers l'enfer du meilleur des mondes. Est-ce que tu comprends?

— J'essaie.

8

Musclé, massif, droit, surgissant du sol, enraciné, Pluton, Lucifer, il crache des flammes. Le crâne rasé, le visage masqué de verres protecteurs, vêtu d'un vieux pantalon de coton et d'une camisole sans manches, de gants de travailleur, pieds nus, il manipule sa torche comme un dragon apprivoisé crachant sa langue de flammes jaunes et oranges. Les biceps gonflés, les pectoraux bombés, les muscles du cou tendus, la bouche tordue de concentration, il soude deux pièces d'un métal poli et creux. Démon tout droit sorti de l'enfer, Minos du nouveau millénaire, figure oscillant entre la plus ancienne des mythologies et la plus moderne des technologies, il est l'homme domptant le feu, le maître des éléments, Orphée toujours dérobant l'étincelle du savoir, à jamais rebelle face aux dieux et aux éléments. En plein soleil du midi, Dionysos beuglant la vérité.

Mardi, le journal local publie une lettre ouverte du sculpteur Damien Roy, lettre reprise par un quotidien national le lendemain matin. Il s'agit d'une véritable déclaration de guerre à l'administration municipale de Saint-Rancy, incarnée par l'insipide personne de mon beau-frère, Michel Faneuf. Juste le titre de la lettre a dû faire grincer les dents du mari de ma sœur : *Caronville : « développer » en attaquant les pauvres de Saint-Rancy.*

Le sculpteur y va d'un rappel des événements menant à la possible expropriation des habitants de Caronville. Il parle d'une *vague incompressible de « développement » immobilier haut de gamme s'étendant le long du fleuve dans le but de privatiser la beauté et de l'offrir à ceux qui ont de l'argent.* L'artiste se porte à la défense des *résidants qui devront subir une dégradation de leurs conditions de vie ou partir. Ou se faire jeter à la rue.* Dans sa lettre, il décrit Caronville sans flafla : *Sept maisons dont le loyer mensuel ne dépasse pas 300 $ et qui abritent des travailleurs autonomes, des étudiants, des enfants et aussi des personnes handicapées.*

Porté par son enthousiasme ou mal informé, Damien Roy exagère lorsqu'il parle d'immobilier haut de gamme au sujet des bungalows que le maire souhaite ériger là où se trouve aujourd'hui Caronville. Moi qui les vends, ces demeures, je suis payé pour savoir qu'il s'agit surtout de maisons milieu de gamme. Mais j'ai ronronné de plaisir en lisant, toujours dans la même lettre : *Dans la plus pure tradition des conseils municipaux rétrogrades à la Séraphin, celui de Saint-Rancy va tenter de faire voter l'expropriation non consentie des locataires de Caronville.* Le sculpteur en rajoute dans le dernier paragraphe lorsqu'il affirme que le maire prospère *en s'attaquant aux pauvres.*

Damien Roy résume l'historique de l'endroit, rappelant comment M. Caron, le propriétaire du dépanneur, a construit douze maisons de pierre et de bois sur un grand terrain qu'il a acheté il y a environ soixante ans. Il reste sept de ces maisons. Elles sont toutes habitées par des marginaux. La ville a tenté de racheter le terrain pour que le chantier puisse s'y étendre. Mais Caron, qui a quatre-vingt-six ans, est très têtu. Il ne veut rien savoir des avances de Michel Faneuf.

Le plus étonnant, c'est que toute la province a montré de l'intérêt, le temps d'un tour d'horloge médiatique, pour notre petit drame municipal. Il n'y avait pas d'autres nouvelles, cette journée-là? La thématique de l'expropriation mélangée à la notoriété chancelante, mais pas encore éteinte, de Damien Roy ont-elles suffi à susciter l'intérêt des chefs de pupitre? Toujours est-il qu'une armée de plumitifs et de caméramen s'est abattue sur Saint-Rancy.

Ils ont interviewé le vieux Caron assis sur sa chaise berçante derrière la caisse de son dépanneur, en compagnie du neveu qui gère le commerce pour lui. Aperçu à la télévision, le bonhomme n'a pas l'air de bien comprendre ce qui lui arrive. Il se contente de répéter qu'il ne cédera pas aux pressions de la ville, probablement mû par un atavisme de colon qui se méfie de toute forme d'autorité gouvernementale. Mais les images les plus saisissantes captées puis diffusées par la télévision doivent être celles des résidants de Caronville, les voisins de Brigitte.

Jean Bureau habite la même modeste demeure depuis dix-sept ans, cultivant des fraises, en récoltant jusqu'à quatre-vingt-cinq livres par année. Le poids de la vie d'un homme. Assez pour faire des confitures. Charnue, comestible, rouge, la baie de son cœur au cœur de sa vie. Ayant passé toute son existence dans sa serre, il ne possède ni ne connaît rien d'autre qui soit digne d'intérêt. Le petit écran l'a montré devant ses fraisiers, la larme à l'œil, c'était bouleversant. Martine a opté pour la simplicité volontaire, un choix qu'elle ne pourrait s'offrir ailleurs qu'à Caronville. Son amoureux l'a suivie, pour échapper, dit-il, à une société où l'on veut toujours plus d'affaires au plus vite. La palme du pathos revient à Marie Taillefer, qui souffre de sclérose en plaques avec atrophie musculaire. Marie a été filmée dans son fauteuil roulant, affirmant qu'elle tient à son autonomie. C'est dans cette maison, insiste la dame, qu'elle se sent chez elle et qu'elle souhaite continuer sa vie. Du bonbon pour les médias.

Le maire a dû répliquer par sa propre lettre, intitulée : *Saint-Rancy : pour la beauté du lieu, la qualité de vie et la culture.* Comme Damien Roy, Michel a fait publier sa réponse dans le journal local qui, heureusement pour lui, est imprimé deux fois la semaine. Étonnamment, soulignons-le, la missive du maire n'a pas été reprise par un grand quotidien… La réplique d'un élu municipal à un artiste qui a déjà eu une carrière internationale n'a pas été jugée assez sexy pour vendre des journaux dans la grande ville. Le sculpteur déchu peut toujours renaître de ses cendres pour défendre la veuve et l'orphelin, scénario permis par le discours médiatico-consumériste. Il n'y a rien d'émouvant dans le cas du maire qui rêve d'augmenter sa recette fiscale.

Pourtant, la réplique de Michel atteint la cible à sa manière. Il prétend lui aussi s'intéresser au sort des citoyens de Caronville, affirmant *qu'ils méritent mieux qu'un logement insalubre.* Il écrit que la présence de l'artiste *donnera de bonnes copies pour les journaux et des images pour la télé, mais n'améliorera pas la qualité de leurs habitations.* Faisant allusion à l'armure confectionnée par Damien Roy, il l'accuse de donquichottisme de mauvais aloi.

Le maire promet de nouvelles maisons qui serviront *à l'établissement de jeunes familles et à l'expansion de nos écoles.* Il insiste, et je peux témoigner du fait qu'il ne s'agit pas d'un mensonge outrancier : *La valeur d'une propriété est relativement accessible à Saint-Rancy.* Habile politicien, Michel tend la main au sculpteur, prétendant avoir toujours apprécié son œuvre, ce dont je me permets de douter. Il conclut non sans ruse : *Alors, M. Roy, si vous voulez défendre la cause des moins fortunés, il y en a à Saint-Rancy et pas seulement à Caronville.*

Les jeux sont faits, les dés lancés, le choc des Titans promet de secouer le sol même sur lequel nous marchons. D'un côté, l'artiste illuminé et flamboyant menant une troupe de marginaux éclopés prêts à se battre pour défendre leur cour des miracles. De l'autre, un maire vendeur de maisons mobiles, amateur d'acier inoxydable et de plastique intachable, appuyé par les tenants de l'hygiène publique, du développement économique et de cette chose insaisissable et perfide qui se nomme le gros bon sens.

9

Faisant voltiger son fume-cigarette, Christian apparaît vêtu d'une chemise hawaïenne, d'un chapeau de pêcheur, de lunettes miroir et d'un bermuda blanc. Il cause d'utopie :

— Pendant des centaines d'années, des âmes généreuses ont élaboré des sociétés imaginaires et parfaites qu'elles ont ensuite tenté de concrétiser. Plus personne ne croit à une cité où régneraient la justice et l'égalité. C'est absolument déplorable.

Il brandit un petit appareil enregistreur numérique sous le nez de ses interlocuteurs. Il s'exprime avec un débit accéléré, staccato, calqué sur celui de son héros. Christian aime bien se prendre pour le fantôme d'Hunter Thompson. Il imite parfois le grand bonze du gonzo lorsqu'il est en assignation dans des auberges sises le long du Saint-Laurent ou lorsqu'il va visiter des attractions dont il doit faire l'éloge dans la revue qui l'emploie.

Évidemment, lorsqu'il rédige ses articles, il ne peut reproduire le sarcasme et le manque de respect de celui dont il est l'émule. Rien n'empêche qu'il rêve d'écrire un jour un grand livre sur les dessous de l'univers des campeurs sur roues. Il pourra alors se moquer de ceux qu'il sert, parodiant leurs travers, leurs manies, leur impossible prétention de marier confort et aventure. En attendant le jour de son affranchissement, il se venge, mêlant justement la vie rêvée à la vie réelle, en se déguisant grâce à la tenue fétiche de l'auteur du célèbre livre sur les Hells Angels, celui-là même qui a été incarné par Johnny Depp au cinéma. Cette fois, Christian a bien choisi son occasion pour éveiller le spectre de Thompson.

Brigitte et moi sommes là, comme Christian, pour participer au festival d'inukshuks organisé par Damien Roy. Nous ne tardons pas à tomber nez à nez avec mon neveu Jacob qui, surprise, n'est pas seul :

— Je vous présente Zoé.

Zoé Rainbow est la fille d'Alexandre Rainbow, le vieux hippie qui habite Caronville depuis toujours. Partie étudier la politique à l'UQAM, elle vivait jusqu'à tout récemment dans un petit appartement de la rue Berri, à Montréal. Elle est revenue à toute vitesse à Caronville pour seconder son père dans sa lutte pour conserver sa maison. Grande, mince, jolie, elle a tout pour plaire à Jacob, qui passe un bras autour de sa taille avec une expression trahissant sa propre surprise de pouvoir jouir d'un tel privilège.

Zoé discutant avec Brigitte, j'apostrophe mon neveu :

— Mon vieux, cette fille doit avoir au moins vingt ans. Félicitations. C'est tout un coup de filet pour un gars qui va atteindre sa majorité à la fin du mois de septembre.

— Elle dit que je suis très mature pour mon âge, me confie Jacob en rougissant de bonheur.

Mon jeune neveu progresse rapidement sur la voie de l'émancipation.

— Tu vas venir souper chez nous, cette semaine.

— Oui, il faut bien. Ta mère a beaucoup insisté.

— Tu promets de garder le secret. Michel m'interdit de venir traîner à Caronville.

— Pas de problème. De toute manière, comme je le disais, tu vas bientôt avoir dix-huit ans. Tu peux faire ce que tu veux.

— Selon Michel, si je vis sous son toit, je dois respecter son autorité.

L'arrivée d'un minibus scolaire interrompt notre conciliabule. Attroupement à Caronville. Des têtes grises et d'autres qui le sont moins descendent du bus. Les résidants, normalement assez farouches, pointent le bout de leur nez pour voir de quoi il retourne. D'autres personnes arrivent en auto, en moto, en bicyclette. Des pick-up chargés de pierres se garent l'un derrière l'autre. Un vrai pow wow.

Escorté par Rainbow, Damien Roy, le crâne plus lisse qu'une boule de billard, vêtu d'un pantalon de lin, d'une camisole qui lui colle au corps, chaussé de sandales de cuir, s'avance au milieu de la foule. Il lève les mains en souriant, nous présentant ses paumes. Il ne prononce qu'une parole, comme si elle avait la force de l'évidence :

— Inukshuk.

Il s'arrête pour une pause, souriant, hochant la tête. Damien nous explique comment ces statuettes autochtones, évoquant une silhouette humaine, servaient à indiquer le lieu de passage des orignaux ou un point d'eau. Selon le sculpteur, l'inukshuk résonne comme un écho de l'humain à l'humain, un chant de pierre et d'amour pour son prochain. Il s'agit d'un message lancé à travers le temps pour affirmer sa fraternité, pour dire: voici un endroit où tu pourras boire et manger, voici où se trouve la vie.

Des inukshuks, on peut en faire de toutes les tailles, des tout petits composés de cailloux, mais aussi de gigantesques qui nécessitent des poulies et la sueur de plusieurs hommes. L'idée de Damien, qui rayonne d'intensité et de conviction, qui a l'air, je le jure, lumineux, debout en plein soleil, est d'ériger, en une journée, le plus grand nombre possible d'inukshuks. Il pense ainsi indiquer aux autorités municipales, au monde entier s'il le faut, qu'ici, à Caronville, il y a de la vie, des vivres, de l'eau et qu'on ne peut raser cet endroit. Sa voix grave, confiante, porte sans qu'il semble la forcer. Plus Damien parle, plus la foule autour de lui devient compacte. Personne ne veut manquer une parole.

Sont présents, évidemment, les résidants de Caronville, plusieurs citoyens de Saint-Rancy qui souhaitent exprimer leur sympathie à ceux qu'on menace d'expropriation. Mais il y a aussi des Montréalais et des gens des villes environnantes qui, attirés par la cause ou par la notoriété du sculpteur, ont fait le chemin mus par la curiosité, leurs convictions alter-mondialistes, un bon vieux fond d'humanitarisme. La foule est assez bigarrée, des jeunes, des vieux, des couples, des célibataires, des bourgeois bon enfant ou des militants professionnels qui salivent à l'idée d'un affrontement plus musclé. Il y a, dans le groupe, des individus qui se sont déjà attachés à des arbres pour qu'on ne les abatte pas. Ceux-là retrouvent en Caronville tous les ingrédients à la base d'un bon *showdown* avec les autorités, d'un pugilat contre Big Brother, d'un duel avec le satanique système.

Rapidement, les gens se mettent à l'œuvre, chacun selon son énergie. Les plus paresseux, dont je suis, s'accroupissent, déterrent quelques cailloux et donnent naissance à des inukshuks pas plus hauts qu'une pomme. Brigitte m'assiste en rigolant. Elle ne sait pas s'il faut mettre deux ou trois pierres entre les jambes et les bras.

Les plus vaillants prêtent main-forte à Damien, qui dresse une poulie pour hisser les énormes pierres qui ont été transportées en pick-up et qui devraient permettre l'érection d'un inukshuk d'au moins six mètres de haut. Tandis qu'il grimpe dans une échelle, trois clous pincés entre les lèvres et un marteau à la main, je l'entends marmonner :

— Ce n'est rien. En Égypte, on n'utilisait même pas de clous. On attachait les poutres de bois avec de la corde. On faisait ça exactement comme les pharaons.

Je ne comprends pas très bien le lien entre les pharaons et les Inuits, mais le moment est mal choisi pour demander des explications.

Comme la journée avance, je me retrouve coude à coude avec les plus ambitieux des participants. Nous suons à grosses gouttes en déplaçant des pierres qui pourraient servir à sculpter des menhirs. L'objectif est d'ériger un inukshuk aussi gros, ou presque, que les maisons qu'il doit contribuer à sauver. L'idée n'est pas mauvaise. Des journalistes de la presse écrite sirotent une limonade à l'ombre, nous couvant d'un regard dubitatif, attendant de voir les résultats de nos efforts pour en rendre compte à leurs patrons et, surtout, à leurs lecteurs. Quelques caméras de télévision sont même venues bourdonner dans les environs, déployant leurs antennes paraboliques juste à temps pour le bulletin du midi avant de tout ranger, promettant de revenir à la fin de la journée.

Il fait chaud, le soleil se déploie dans toute sa radioactive magnificence. Nous suons à grosses gouttes, accomplissant une tâche qui tient à la fois du préhistorique et de l'herculéen. Tout en travaillant, j'échange quelques mots avec les autres originaux venus participer à ce qui semble devenu le projet de Damien Roy : sauver les sept maisonnettes de Caronville.

— Il est *big*. Il a toujours été *big*. Je savais que Damien Roy nous gratifierait un jour d'un incroyable *come-back*. Il est tellement *big*, déclare un homme qui affirme être le propriétaire d'une galerie d'art.

Ce même homme maigrichon, à la pomme d'Adam proéminente et au bouc échevelé, empoche les cailloux qui constituaient un petit inukshuk érigé par Damien en début de journée. Le galeriste pince le bec en roulant des yeux comme quelqu'un qui commet un larcin fort lucratif. Probablement qu'il va essayer de revendre le tout comme un Damien Roy original.

Un autre homme, rond de ventre, les cheveux gris coupés en brosse, le menton couvert d'une barbe de trois jours, se présente comme un prof en histoire de l'art :

— Damien Roy a toujours été un de nos artistes les plus originaux, dans le bon sens du terme. Son cheminement, qui le mène des cathédrales aux pyramides et à l'art contemporain, est absolument unique. C'est un bonheur de le voir sortir de sa trop longue torpeur et s'engager généreusement dans une cause aussi juste. Jamais je n'aurais manqué l'occasion de participer à un de ses projets. Nous vivons une journée historique. Je vais en parler à mes étudiants.

Un troisième participant, plus jeune, torse nu, un bandeau dans ses longs cheveux, se gratte le coude en reprenant son souffle :

— On a vu ça sur Internet. On a décidé de venir pour aider à sauver cette place, cet endroit, ce lieu, je veux dire, Caronville, là où on se trouve, quoi... Parce que nous, mes amis, ma blonde et moi, nous, quoi, tu sais, on saute sur toutes les occasions d'embêter le système. Alors, si le système veut se débarrasser de Caronville, on est pour Caronville, me semble que c'est clair, quoi... Et puis, en plus, il fait vraiment beau aujourd'hui, alors aussi bien faire quelque chose à l'extérieur, quoi...

Coua, coua, coua... On dirait un corbeau.

Bref, les gens venus sauver Caronville à l'appel de Damien Roy le font à partir d'horizons fort différents, chacun animé par une motivation qui lui est propre. Une dame accompagnée de trois petits enfants a fabriqué une sorte de haie d'honneur de petits inukshuks le long du sentier qui mène aux fraises de Jean Bureau. Des résidants en ont érigé trois qui mesurent environ un mètre et qui gardent la porte de leur maison. Il commence à y en avoir un peu partout, même sur les corniches, juchés comme des gargouilles. On pourrait croire que les inukshuks sont les habitants naturels de Caronville ou, encore mieux, les spectres de pierre chargés de protéger l'endroit.

Seulement, l'œuvre principale, la pièce maîtresse, l'inukshuk géant, celui qui doit incarner l'âme même du potlatch, de la dépense, du don de soi que chacun est venu accomplir ici aujourd'hui, celui-là pose problème. Quelqu'un a mal calculé la taille des pierres ou la longueur des poutres de bois qu'il faut pour construire la structure de soutien adéquate. Dans tous les cas, il va falloir poser la dernière pierre, celle qui représente la tête en escaladant l'échafaudage chambranlant et en se tenant sur la pointe des pieds. Le truc idéal pour se casser la gueule, pour se rompre les os, pour recevoir une tonne de pierres sur les orteils ou pire.

Damien a beau badigeonner un sourire nostalgique sur son visage de demi-dieu (et je constate qu'il ressemble, en moins gras, à Marlon Brando dans les scènes finales d'*Apocalypse Now*), la vedette de la journée peut bien marmonner avec amusement :

— Il me semble avoir vécu une situation similaire dans la Vallée des Rois, sauf qu'il faisait beaucoup plus chaud.

L'enthousiasme des volontaires s'effrite dangereusement. Nous nous retrouvons bien peu nombreux
au pied de l'inukshuk géant qui, pauvre lui, a l'air
décapité. Le jeune chevelu est parti pique-niquer avec
ses amis, mon neveu Jacob et sa nouvelle copine se
sont joints à eux. Le parfum de leur *spliff* digestif se
rend jusqu'à nous et n'est pas, je l'avoue, sans m'arracher quelques soupirs d'envie. Le galeriste, qui n'avait
rien d'un galérien, a foutu le camp depuis déjà un
bon moment, emportant avec lui, tel un Petit Poucet
à rebours, tout plein de cailloux dans ses poches. Les
gentilles familles, dispersées dans les bois, assises à
l'ombre, se préparent à rentrer. Il reste Damien, Rainbow et moi comme hommes valides et assez fous pour
vouloir venir à bout de la tâche entamée.

Nous escaladons l'échafaudage de planches rapidement bricolé au début de la journée et à peine assez
solide pour nous soutenir. Trois hommes, six bras,
suffisent tout juste à la tâche. Nous commençons à
manquer nettement de souffle, d'énergie et de volonté
pour poser la pierre comme il se doit. Elle tangue,
vacille, hésite, semble vouloir écraser le maillon le plus
faible de notre chaîne d'effort collectif, soit le pauvre
Rainbow, accroupi, suant, pantelant, rendu presque à
ce dernier stade inévitable même pour le plus honnête
des hommes lorsqu'il est confronté à l'imminence de
son propre écrabouillement, soit de prier Dieu ou de
pleurer pour sa mère.

L'un d'entre nous y resterait peut-être si ce n'était
de la soudaine apparition d'un minotaure métallique,
d'une étrange bête au corps velu et à la tête d'acier qui

monte sur l'échafaudage avec la prestesse et l'agilité d'un cabri pour nous prêter main-forte, pour ajouter ses muscles aux nôtres et nous donner l'énergie qu'il nous manque. La bizarroïde bestiole de fer et de chair ébauche quelques pas de danse pour célébrer l'œuvre accomplie, dégringole jusqu'au sol et entreprend une course folle autour d'une des maisonnettes. Épuisé par l'effort, les yeux piquants de sueur, je cligne des paupières. Les rayons du soleil se brisent en douloureux éclats sur le chef de métal argenté de notre sauveur. Jamais de toute ma vie je n'ai vu une créature pareille.

La curieuse apparition ramasse un bout de bois et s'en sert pour harceler un homme qui semble choisi au hasard parmi les badauds. Le faune à tête d'acier pique l'homme dans les côtes avec la pointe de son bâton, lui tape les cuisses avec le côté plat. Le pauvre passant tente de se protéger avec ses mains, recule de trois pas, se recroqueville pour offrir le moins d'espace possible à la volée de coups qui s'abat sur lui. Son tortionnaire ne le lâche pas, Scapin battant son maître avec un bonheur croissant. Il pique et tape et tape et pique avec adresse, précision. On croirait un mousquetaire ou bien une pieuvre tellement les coups sont nombreux et précis.

À force de me frotter les yeux en contemplant ce comique ballet, je reconnais celui des deux qui se trouve en mauvaise posture : il s'agit de Jocelyn Tremblay. Sans son uniforme, il a l'air d'un idiot anonyme, d'un patibulaire ordinaire. Sans doute qu'il profite de sa journée de congé pour venir espionner ceux qu'il estime être de dangereux activistes. Il joue l'agent double, espérant se faufiler incognito dans la foule. Mal lui en prend, car le voilà qui se mérite une avalanche de coups.

Son bourreau se déplace d'une manière à la fois incohérente et agile, clown acrobate, boiteux dansant le quadrille. Le soleil éclate sur l'acier de son casque médiéval, donnant l'impression qu'il a une torche à la place du crâne. Il tourne autour de sa proie en maniant son bâton comme un mousquetaire son fleuret, taquinant sa victime plus qu'il ne l'abîme, claquant un coup contre ses chevilles, un autre derrière un genou, un à la hauteur du nombril, avec juste assez de force et de précision pour rendre Jocelyn fou de rage, sans jamais lui donner la justification de transformer ce *paso doble* parodique en véritable combat de rue. De toute manière, le policier en civil se casserait les jointures sur le heaume de son adversaire.

On dirait une scène tout droit sortie d'un film de Charlie Chaplin. Jocelyn ne peut répliquer aux coups qu'il reçoit ni se sauver en courant, ce qui le couvrirait de ridicule. Chaque fois qu'il fait un pas de côté pour essayer de s'échapper, son assaillant l'attend avec le plat de son bâton, ou la pointe de sa baguette, et lui administre un coup qui le fait grimacer, sursauter, se tasser d'un bond dans une autre direction. Il en résulte une trempe non négligeable, une raclée dont certains, moi le premier, diraient qu'elle est bien méritée. Un bras en l'air, le bâton tendu droit devant lui, les jambes arquées, le corps raide, l'homme à la tête de fer adopte – pure caricature – l'attitude d'un duelliste ou d'un escrimeur. La tête entre les épaules, les bras relevés de chaque côté tel un boxeur qui veut se protéger, le regard hagard, les lèvres pincées de dépit et de douleur, Jocelyn a beaucoup moins fière allure.

Le numéro comique, la chorégraphie spontanée ébauchée par l'étrange duo attire tous les regards et suscite les rires. Les résidants de Caronville, que Jocelyn harcèle depuis plusieurs semaines, qu'il écœure à la moindre apparence d'effraction, dont il mesure, sérieusement, les sacs de déchets pour s'assurer qu'ils respectent les règlements municipaux, se tordent de rire en le voyant si mal pris. Ils en rajoutent, certains criant: «Olé! Olé!» comme s'ils étaient à la corrida devant un taureau particulièrement stupide et un matador adulé à juste titre. Les autres témoins, les petites familles qui songeaient à rentrer et qui se demandent si ce numéro ne fait pas partie des activités de la journée, les amateurs d'art qui photographient les inukshuks, les jeunes activistes qui s'ébrouent de leur torpeur marihuanesque, tous rigolent devant cette pantomime, cette pantalonnade ubuesque, cette arlequinade drolatique. Un ado filme le tout avec son cellulaire.

Jocelyn, comme le lion de la fable, celui à qui le moustique donne une bonne leçon, rougit, rugit et rue dans le vide. J'ai tout juste le temps d'espérer, pour son propre compte, que celui qui se trouve derrière le masque de fer n'est pas un citoyen de Saint-Rancy car, pauvre lui, il ne pourra plus jamais garer son auto sans recevoir une contravention. On ne s'en prend pas à Jocelyn Tremblay impunément. On ne ridiculise pas le représentant de la loi, devant le public, sans que celle-ci devienne un instrument de vengeance. Est-ce que j'ai déjà parlé de la puissance du déguisement?

De son pouvoir? De comment il permet d'atteindre un autre niveau d'être? Lorsque l'homme au masque de fer aura relevé sa visière et que Jocelyn aura revêtu son uniforme, le rapport de forces entre les deux s'en trouvera bouleversé. Jocelyn tentera alors par tous les moyens fournis par son badge et son statut de constable de la SQ de se venger de l'affront subi.

Brigitte et Henriette arrivent en courant pour séparer les deux belligérants. J'arrête de respirer, mon cœur cesse de battre, je ferme les paupières pendant la fatidique seconde nécessaire à mon cerveau pour comprendre ce qui vient d'arriver, ce qui va inévitablement se produire. Nous venons d'entrer dans une tragédie dont le dénouement sera, je le sens, plus de malheur pour tous.

Lorsque j'ouvre les yeux, l'étrange manieur de bâton relève la visière de son casque pour révéler le visage ruisselant de sueur, tordu par l'extase et grimaçant de joie de mon ami Henri qui, pour une fois dans sa vie, a pu remettre la monnaie de sa pièce au soi-disant gardien de l'ordre qui le harcèle depuis si longtemps, menaçant sa liberté et le traitant comme un enfant indésirable.

Découvrant l'identité du bourreau qui l'a transformé en bourrique, Jocelyn ne peut retenir un cri de rage qui résonne longtemps dans la forêt. Son premier réflexe est de sauter sur Henri et de lui régler son compte sur place. Visière levée, Henri le provoque, l'invite à la bagarre, crache dans sa direction. Brigitte et Henriette forment un rempart entre les deux hommes. Henriette retient son amoureux par les épaules, le suppliant de se calmer, de rentrer à la maison avec elle.

Face à Jocelyn, Brigitte lève les bras, se campe en véritable barrière humaine. Vociférant, le teint cramoisi par la honte et la colère, brandissant un poing vengeur, Jocelyn choisit de se retirer. Il en a assez eu pour aujourd'hui et puis, trop de gens le regardent. Il prend le temps de menacer de l'index l'ado qui a filmé toute la scène avec son téléphone, avant de se réfugier derrière le volant de sa voiture et de quitter les lieux. Lorsqu'il reviendra, ce sera à bord de son auto-patrouille et avec tout le pouvoir conféré par la loi mis au service de son ressentiment. Bref, on n'a pas fini d'en entendre parler.

Je descends de l'échafaudage et vais rejoindre Brigitte. Elle enfonce ses mains dans sa tignasse fournie comme une crinière. Le corps courbé, elle gémit en fixant le sol, sans se préoccuper de ce qui l'entoure. Henriette tente de la consoler tandis qu'Henri multiplie les entrechats, toujours en maniant sa baguette comme un fleuret. Il se prend décidément pour d'Artagnan. Je serre Brigitte dans mes bras, je lui parle doucement à l'oreille. Ce n'est pas si grave, elle ne doit pas s'en faire, tout va s'arranger… J'essaie de la convaincre. Elle ferme les yeux, inspire un bon coup en plissant les narines, me repousse et se tourne vers Henri qui s'étourdit en galipettes. Brigitte hurle :

— Arrête de faire le pitre! Tu sais le pétrin dans lequel tu viens de te mettre? Tu t'imagines les ennuis que tu viens de nous causer? Il ne va jamais te pardonner! Il va vouloir avoir ta peau!

Têtu, Henri poursuit sa drôle de danse, mi-pantomime, mi-duel. Malgré tout, son rythme ralentit, les reproches de Brigitte l'atteignent. Henriette en rajoute :

— Henri, arrête !

Elle crie tellement fort que tout le monde se fige, y compris Henri. C'est la première fois que j'entends Henriette élever la voix, elle qui ne parle presque jamais. Toute fanfaronnade envolée, Henri s'approche de son amoureuse, l'air inquiet, les sourcils froncés et pose une main sur son épaule.

— Avant que vous n'alliez plus loin dans la distribution des blâmes, je tiens à vous présenter mes excuses : tout cela est de ma faute. Je suis le seul responsable et je ferai ce qu'il faut pour m'amender.

Damien nous a rejoints :

— C'est moi qui ai fabriqué le casque qu'a porté votre ami et qui lui a donné toute cette audace.

Il s'avère que le sculpteur n'a pas seulement confectionné le casque, mais presque toute une armure. Elle est exposée, encore incomplète, dans la cour de la maison de Rainbow, appuyée contre le mur.

— Je ne sais pas ce qui m'a pris… J'avais ces feuilles de tôle qui traînaient dans mon atelier. J'ai souvent rêvé de posséder une armure rutilante comme celles des preux chevaliers du Moyen Âge. Vous savez, ceux qui siègent à la Table Ronde, cherchent le Saint-Graal tout en protégeant la veuve et l'orphelin. Je trouvais que l'occasion était bonne, alors voilà…

Nous avons quitté la place au centre des sept maisonnettes de Caronville, là où avait eu lieu la danse du faune à tête de fer. Brigitte, Henri, Henriette, Rainbow, Damien et moi, nous nous sommes installés dans la cour adjacente à la maison de Rainbow, qui sur des chaises de plastique, qui à même le sol, où nous pouvons contempler ladite armure, qui a retrouvé son chef. Nous avions d'abord pris le temps de démonter l'échafaudage. Étirée par le soleil couchant, l'ombre du géant inukshuk s'étend jusqu'à la forêt, se mêle à celle des arbres et s'y perd.

Les jeunes, dont mon neveu et sa nouvelle dulcinée, se regroupent autour d'un feu de camp. Il y en a un qui gratte une guitare et se prend pour Richard Desjardins. Les flammes crépitent. Chacun tient à la main une bière bien méritée. Rainbow s'affaire autour de son BBQ, offrant encore une saucisse, une merguez de plus. Nous refusons avec un sourire repu, les yeux mi-clos de satisfaction, les doigts graisseux, la panse pleine et les muscles endoloris d'avoir déplacé des pierres toute la journée.

— Ce n'est rien. Pensez aux cathédrales, aux pyramides. Songez à la fatigue de ceux qui ont construit pour l'éternité. Aujourd'hui, on veut toujours tout raser et recommencer. Moi, je n'en peux plus. Je veux que quelque chose reste. C'est pour ça que je suis là.

J'écoute Damien en souriant poliment, mais je suis trop fatigué pour essayer de comprendre ce qu'il dit. Il évolue dans une dimension métaphysique. Il est minéral, imperturbable, focalisé sur la très longue durée, les grandes questions. C'est ce qui le rend si attirant. Moi, je me demande s'il reste du pain à la maison, si je ne devrais pas passer chez le dépanneur avant de rentrer. Le ciel évolue du pourpre au mauve, s'obscurcit doucement. Des étoiles s'y allument sans se presser. Damien continue ses explications :

— La saga de Caronville se prête bien au thème de la chevalerie. C'est donc ici que j'ai enfin pris le temps de m'offrir cette armure dont j'ai toujours rêvé. Je suis désolé si elle a inspiré trop de témérité à votre ami.

Telle que racontée par Henriette, la rencontre entre Henri et l'armure a été un véritable coup de foudre. Dès qu'il l'a aperçue, il a voulu la porter. Il a enlevé son chandail et il a mis le casque. Il voulait enfiler toute l'armure. Mais quand il a vu que nous avions besoin d'aide avec la tête de l'inukshuk, il s'est précipité à notre secours. Assis à côté de son amoureuse, Henri marmonne en secouant la tête, il ne nie pas les faits. Brigitte ne décolère pas :

— Tu n'as pas besoin de t'excuser, Damien. Henri est bien assez grand pour prendre ses responsabilités. Il savait que cette armure ne lui appartenait pas et qu'il n'avait pas le droit d'y toucher, encore moins de l'enfiler. Pour ce qui est de Jocelyn, oh !...

Elle baisse les yeux et secoue la tête de gauche à droite :

— Il faut le craindre. Il n'y a rien qu'on puisse faire contre lui. Tu vas l'avoir dans les pattes long-temps, mon pauvre Henri...

— Il est vraiment si stupide ? demande Damien.

— Pire encore !

10

Découragée, Brigitte se complaît dans de moroses réflexions :

— Il y en a qui font la guerre, qui font dur, qui ne font pas grand-chose. Moi, je voulais faire l'amour. C'est tout. Je ne pensais pas que c'était si grave.

— Tu avais raison.

Son regard se perd par la fenêtre. Phèdre des temps modernes, elle est une femme qui a succombé à ses passions, mais je ne la laisserai pas mourir au cinquième acte.

— Non. Je me suis trompée. Faire l'amour, c'est très grave. Il n'y a que les salopes qui se donnent entièrement, totalement, à n'importe qui, juste pour faire plaisir. Tout le monde le dit, ça doit être vrai. Il n'y a que ce qui ne vaut rien qu'on donne sans réfléchir. Moi, je me suis beaucoup donnée, beaucoup trop. À la fin, l'offre dépasse la demande, alors je ne vaux plus rien. Je me suis trop offerte.

— Et moi ? Moi, je suis plein de désir pour toi. Je te demande encore et toujours. Est-ce que ça ne vaut pas quelque chose, mon besoin de toi ?

Elle hausse les épaules, replace une mèche derrière son oreille, pousse un long soupir.

— Toi, tu es comme moi. Tu t'es offert à tout venant et on n'a pas voulu de toi, ou si peu. Ce n'est pas pour rien que tu as failli te tuer avec ton auto. Même toi, tu ne voulais plus de toi. On ne prend pas le volant à 3 h du matin, saoul comme tu l'étais, si on tient à soi, si on ne veut pas se débarrasser de soi.

— Tu es méchante.

— Nous sommes deux revenants, des spectres en sursis. Nous avons dépassé notre date de péremption. Nous sommes « passés date ».

— Arrête. Tu en fais trop. Tu vas me faire rire.

— Ce n'est pas drôle. C'est triste. Je n'en peux plus. Je suis fatiguée de me battre. Ce qui est arrivé aujourd'hui va m'achever.

— Tu exagères. Jocelyn Tremblay est un imbécile. Il ne peut pas nous atteindre.

Nous sommes assis dans son salon. Henri et Henriette se sont couchés. Nous n'avons allumé aucune lumière. Brigitte est roulée en boule, dans le coin du sofa. J'ai posé une fesse sur la table à café. Nous sirotons notre scotch. La voix éraillée de Brigitte sonne comme un vieux vinyle égratigné.

— Tu te trompes. À la première occasion, il va arrêter Henri. Il va le jeter en prison pour ébriété sur la voie publique. Notre vie ici tient à peu de chose. Le statut juridique d'Henri et d'Henriette est très volatil. Ils sont sous tutelle, tous les deux. Si Jocelyn prouve que je ne réussis pas à créer un climat sain pour leur épanouissement, on va me les enlever.

— Il n'y a pas un juge au monde qui ferait une bêtise pareille.

— Si l'intelligence d'un juge est mon dernier espoir, j'ai raison de m'inquiéter.

Fragile, frissonnante, elle m'avale avec son regard humide et sans fond. Des yeux de loutre paniquée qui brillent dans la pénombre. Je ne sais plus quoi dire pour la réconforter.

— Ils sont ma vie, ces deux-là. Je les aime. Ils me prennent comme je suis, au jour le jour. Si je les perds, je perds non seulement la maison et mon gagne-pain, mai aussi le seul endroit où j'ai le goût de vivre.

— Tu me fais peur, Brigitte.

— Moi aussi, je me fais peur.

Elle empoigne la bouteille, se sert un autre verre.

— Brigitte…

— Tu ne comprends pas. Je n'avais plus rien quand je suis venue m'installer à Saint-Rancy. Avec Henri et Henriette, au moins, quelqu'un avait besoin de moi. J'ai appris à faire la cuisine seulement pour leur mijoter des petits plats. J'avais si peur qu'ils ne veuillent pas de moi.

— Qui ne voudrait pas de toi?

— Plein de gens. Ne dis pas de bêtises. Je n'étais pas là depuis un mois quand l'ado qui tenait la caisse à la station-service m'a demandé d'autographier le boîtier du DVD d'un de mes films. Il était boutonneux, intimidé, irrésistible.

Je connais cette histoire. Elle me l'a racontée plusieurs fois. Sa perception de la réalité est teinte d'un brin de paranoïa, je le crains. Ou peut-être pas. Comment savoir? Dans tous les cas, je la laisse aller.

— Une semaine plus tard, une femme m'arrête dans la rue. Elle m'annonce tout de go que mes deux débiles et moi ne sommes pas les bienvenus dans sa ville. Elle a vraiment traité Henri et Henriette de débiles. J'aurais dû la gifler.

Le regret a du bon, il lui rougit les joues.

— Lorsque Henri a commencé à avoir des problèmes au travail, j'ai essayé d'expliquer au propriétaire de l'épicerie que les trisomiques ont les mêmes pulsions que nous, qu'elles sont souvent décuplées et qu'ils ont de la difficulté à les maîtriser. Il m'a répondu qu'il ne comprenait pas que je ne puisse pas le satisfaire à la maison. Encore une gifle de perdue.

Elle trempe ses lèvres dans l'alcool mordoré.

— Je me suis adaptée. Lunettes noires, cheveux en chignon, tenue stricte et sobre, je ne sortais que par nécessité, pour les courses, pour récupérer Henri à la brasserie. Une fois par mois, j'allais au cinéma, mais à Longueuil. Sinon, je restais à la maison. Je préparais les repas, je faisais le ménage, je regardais la télévision et je jouais à des jeux idiots sur l'ordinateur. Je m'ennuyais tellement qu'il m'arrivait de me masturber quatre fois par jour.

Elle me lance son regard de tonneau de Danaïdes, me zappe avec la lumière noire et hypnotique de ses pupilles.

— Pourtant, les propositions ne manquaient pas. Le propriétaire du salon funéraire m'a envoyé une douzaine de roses toutes les semaines pendant au moins six mois. Le prof de gym de l'école secondaire joggait perpétuellement devant ma maison, torse nu, un sourire d'annonce de dentifrice figé dans le visage. Il a un beau corps. Couvert de sueur, il me tentait presque. Mais je refusais de ressembler à l'idée que ces gens-là se font de moi. Si j'en laissais entrer un, toute la municipalité allait vouloir y passer. Les regards concupiscents des pères, les mines pincées et chargées de reproches des mères… Je craignais de me faire lyncher. La paix sociale ne tenait qu'à peu de chose. Un bain de soleil nue dans ma cour et la révolution aurait éclaté. La façade hypocrite de la respectabilité se serait effondrée d'un coup!

— Brigitte…

— Oh! J'aurais pu causer un tremblement de terre avec une minijupe, un décolleté et une paire de souliers à talons! Mais le pire, c'est évidemment Jocelyn Tremblay. Il stationnait son auto-patrouille juste devant chez moi. Je ne pouvais pas sortir sans qu'il active ses gyrophares et qu'il m'intercepte pour une raison ou pour une autre. Il me disait: «Je crois que vous êtes plus sexy que ne le permet la loi.» ou «Je vais vous laisser partir cette fois, mais…» Pourquoi tu penses qu'il s'en prend toujours à Henri? C'est à cause de moi, c'est de ma faute. Même ceux que j'aime, je leur fais du mal. Si Henri perdait sa liberté, s'il se faisait institutionnaliser après ce qui est arrivé aujourd'hui, ce serait à cause de moi. Je ne me le pardonnerais pas.

— Tu ne penses pas que…

— Tu vas me dire que j'exagère, mais tu te trompes.

Elle donne de petites tapes sur le coussin à côté d'elle. Pour que j'aille la rejoindre. Je m'empresse d'obéir.

— Toi et moi, nous sommes des vampires, des morts vivants, des dieux déchus. Nous avons goûté au sucré et au salace. J'ai eu vingt et un an en Californie. Je roulais à cent milles à l'heure dans une décapotable jaune qui ressemblait plus à un jouet qu'à une véritable automobile. J'avalais des pilules multicolores comme si c'était des bonbons. Je ne sortais du lit que pour me rendre à une orgie.

Elle m'embrasse, passe doucement la paume de sa main sur mon visage.

— Tu as connu les feux de la rampe. Tu as été une célébrité télévisuelle. Tu as déjà fait la première page du *Lundi*, je m'en souviens très bien. Alors, on va être honnêtes avec nous-mêmes. On va pas s'abaisser plus que nécessaire. On va pas faire semblant d'être monsieur et madame Tout-le-monde. On a visé les étoiles, on va pas prétendre être capables de nous contenter de polyester et de formica. Tu vas rentrer dormir chez toi.

Une fois sorti de chez Brigitte, je m'installe derrière le volant de ma Mazda. Dans le plus noir de la nuit, je reprends la route. Saint-Rancy ressemble à une ville fantôme. Sans trop en avoir conscience, je ne rentre pas chez moi, je tourne en rond et reviens vers Caronville. Je me gare à bonne distance, pour ne réveiller personne. Je marche les derniers mètres qui me séparent de la pièce de résistance de la journée, le gigantesque inukshuk que nous avons tant peiné à ériger. Il a fallu pousser, tirer, suer, grogner. Sans le savoir-faire de Damien et l'intervention d'Henri, nous n'y serions jamais arrivés.

Quand je pose ma main sur la pierre, je peine à croire qu'elle n'est là que depuis quelques heures. Le sculpteur sait ce qu'il fait. Je sens l'énergie dégagée par ce minéral à forme d'homme. Qui sait, Caronville a peut-être encore une chance? J'arrive presque à y croire, même si mon beau-frère de maire ne se gênerait pas pour passer le bulldozer dans tout ça, à la première occasion.

Je m'allume une cigarette tout en me demandant pourquoi je suis là. Selon les scientifiques, l'univers n'est qu'un nuage d'atomes en constant mouvement. Seul le manque de finesse de nos perceptions nous empêche de le constater. Nous sommes tous unis dans un grand ballet de particules tourbillonnant dans le vide cosmique. Le journal du matin me le rappelle tous les jours : j'habite un monde plein de violence, d'injustices et d'inégalités. Des pays émergent, d'autres sombrent, des enfants crèvent de misère, l'Histoire poursuit sa course. Qui s'en souvient? Pourrait-on me nommer un seul des soldats morts pendant la Première Guerre mondiale? Le destin d'un individu, l'importance d'une vie humaine... Je me sens si insignifiant que j'en ai le vertige.

Je m'appuie de tout mon long contre l'inukshuk, pour ne pas tomber. Je fume ma cigarette en contemplant les étoiles. J'essaie de me convaincre qu'elles brillent pour moi. Je veux croire que le combat pour Caronville est quelque chose d'important. J'avoue ne pas y arriver. J'y vois, au mieux, un barouf d'honneur, un happening surréaliste, un pied de nez dada. Une façon de dire qu'on ne va pas participer à notre propre anéantissement. Un *fuck you* métaphysique. Mais, ça me semble évident, les amateurs d'art, les jeunes militants anarcho-écologistes, les petites familles bien intentionnées ne peuvent rien contre la progression systématique de la banlieue, contre l'uniformisation de nos styles de vie, contre le système.

Je reste là longtemps, le dos collé à l'inukshuk, à réfléchir, à chercher des réponses, à me demander si Brigitte, au fond, n'a pas raison de me refuser son sommeil et si l'humanité, un jour, accomplira son destin. Fourmilière fasciste ou potlatch multicolore ? Le soleil pointe ses rayons à l'horizon, le ciel pâlit, les oiseaux s'ébrouent et commencent à pépier dans le petit matin. Un long bâillement roule comme une vague à travers tout mon corps. J'ai embrassé l'aube d'été, écrit Rimbaud. Il n'est pas le seul. Il me vient une idée qui me donne enfin envie de bouger.

Je cours à mon auto, j'extrais un carnet de croquis et un crayon de la boîte à gants. Je commence à dessiner les maisons de Caronville, à toute vitesse, sans me soucier du résultat. Je les croque en incluant l'armée des inukshuks de toutes les tailles, peuple de pierres magiques. Je cours littéralement dans Caronville pour multiplier les points de vue et les angles. Je trace le portrait de l'inukshuk géant dont l'érection nous a coûté tant d'efforts. J'ébauche, j'esquisse à petits traits rapides, je crayonne, j'amorce. Quand Jean sort de chez lui pour soigner ses fraises, je l'inclus dans mes portraits. Même chose pour Rainbow et sa tasse de café ou pour Marie dans son fauteuil roulant. Je ne sais pas comment je vais y arriver, mais ma façon à moi de défendre Caronville, ce sera un tableau aux couleurs rutilantes.

Trois jours plus tard, quand je vois l'homme arriver dans son Audi bleue, je me rappelle que c'est mon idée et j'espère que ça va marcher. À voir la tête du fonctionnaire qui descend du véhicule, je ressens presque immédiatement des regrets de l'avoir appelé. Il a les cheveux courts, coupés en brosse, des lunettes avec de grosses montures noires dont une des branches a été réparée avec du ruban adhésif. Il porte une chemise à manches courtes, blanche, une cravate rouge et un pantalon noir. Spontanément, il se dirige vers l'inukshuk géant, tend la main et lui touche. Depuis trois jours qu'il est là, cet inukshuk, personne ne peut l'approcher sans ressentir le besoin d'un contact pierre à épiderme, peau à roche.

Comme je le disais, c'est moi qui ai eu l'idée de téléphoner à Patrimoine Canada dans l'espoir que la valeur architecturale et le côté ancestral permettraient de sauver les maisons de Caronville. La célérité de la réponse de l'organisme fédéral tient du hasard et de la malchance, en tout cas pas de l'efficacité. Normalement, il faut patienter des mois pour qu'un édifice quelconque soit déclaré ou non patrimoine national, à préserver dans son intégrité ou à détruire. Nous aurions pu, au minimum, gagner du temps. Manque de pot, l'inspecteur habite sur la Rive-Sud. Il a entendu parler de Caronville à la télévision, il est curieux, diligent, efficace et ponctuel.

Damien, Rainbow et moi allons l'accueillir. Présentations, poignées de mains. Le bonhomme pige son stylo dans la poche de sa chemise et s'en sert pour pointer les maisons :

— C'est ça ?

— Oui, exactement, de répondre Rainbow avec empressement.

Le fonctionnaire secoue la tête en pinçant les lèvres :

— Elles sont coquettes, mignonnes, sympathiques. Elles ne sont pas patrimoniales.

— Mais vous ne les avez même pas inspectées !

Le représentant de Patrimoine Canada hausse les épaules :

— Du bois et de la brique. Il y en a tout le long du fleuve, des maisons comme celles-là. Ça, par exemple, c'est vraiment original.

Utilisant toujours son stylo comme une baguette, il pointe les inukshuks de différentes tailles qui se dressent autour de nous. Rangeant ledit stylo contre son cœur, il couve Damien d'un regard plein d'admiration :

— M. Roy, au tout début de ma carrière, comme j'étais fonctionnaire au niveau municipal, j'ai eu le plaisir de certifier votre sculpture du parc Belmont, près du pont de Cartierville. L'auto tamponneuse prise dans une cage. J'ai beaucoup de respect pour votre travail.

— Merci pour le compliment. Vous pourriez inspecter les maisons d'un peu plus près, non ?

— Avec plaisir. Malheureusement, ça ne changera rien à leur valeur.

Comme de fait, l'inspecteur aux lunettes rafistolées s'éloigne en se disant désolé, mais il ne peut rien faire pour nous. Tandis que son Audi soulève un nuage de poussière sur la route, je sors mon calepin et j'ébauche rapidement son portrait, profitant de ce que ses traits sont encore clairs dans mon esprit. Rainbow, Damien et moi nous retrouvons chacun avec une bière, en compagnie de l'armure pseudo-médiévale qui fait l'envie d'Henri. Personne ne parle. Nous n'avions pas investi beaucoup d'espoir dans Patrimoine Canada, mais quand même, le couperet est tombé un peu vite.

Faute de mieux, je multiplie les esquisses. J'imagine une fresque haute en couleur, comme *La Fête-Dieu à Québec* de Jean-Paul Lemieux. Sauf que mon tableau à moi va s'intituler *Caronville*. Est-ce que ce sera le sauvetage ou la perte de Caronville? Impossible de le savoir. Mais j'orbite autour de l'inukshuk, irrésistiblement attiré par le centre de gravité qu'il constitue.

Rainbow et Damien se sont rencontrés au Népal. En bon hippie, Rainbow y fumait des shiloms pleins de haschich à longueur de journée. Le sculpteur érigeait une installation constituée de cornes de chèvre pour souligner le point de passage de réfugiés tibétains en route pour l'Inde, dans le but de rejoindre le dalaï-lama.

— À l'époque, j'étais vraiment engagé dans toutes les causes, se souvient Damien avec un petit sourire mélancolique.

11

Cet homme est un puzzle que je tente de reconstituer. Je jumelle les confidences du prolixe Rainbow avec les renseignements glandés par Brigitte sur Internet. J'y ajoute les réponses de Damien à mes rares et timides questions. Ainsi, je commence à pouvoir dresser un profil assez complet du sculpteur. Minéral. Pierre. Roche. Roc. Calcite. Gypse. Quartz. Si la vie humaine a d'abord trouvé sa source dans le carbone de la poussière d'étoiles, alors Damien y retourne en travaillant la pierre. Primitif primordial psychédélique.

Jeune homme, Damien Roy souhaitait devenir ébéniste. Il s'est littéralement trompé de porte, atterrissant chez les Compagnons du Devoir qui, à l'époque, possédaient un bureau à Montréal. Fondés à la fin de la Deuxième Guerre mondiale dans l'objectif de restaurer et de maintenir les cathédrales européennes victimes de bombardements tant alliés que nazis, les Compagnons du Devoir sont officiellement une organisation de tailleurs de pierre. En fait, c'est beaucoup plus compliqué. Il s'agit d'un culte, d'une secte, d'une mafia. Les Compagnons possèdent, entretiennent et transmettent un savoir vieux de plusieurs millénaires.

Travailler la pierre, aime à répéter Damien, c'est d'abord se travailler soi-même. Jeune homme, il s'est envolé pour l'Europe et son premier stage avec les Compagnons. Discipline militaire, apprentissage de spartiate, Damien en a bavé, surtout les six premiers mois. Ils prennent leur nom au sérieux, les Compagnons du Devoir. Leur philosophie englobe tous les aspects de la vie humaine. Pire que les scouts ou les gangs de rue, ils ont imaginé une série de poignées de mains, d'insignes secrets, de cérémonies officielles au lever du soleil, le jour du solstice… Chaque stade de l'apprentissage dévoile un nouveau plan de conscience à l'initié, lui donnant accès aux très discrètes distinctions matérielles permettant de s'identifier lorsqu'il rencontre un autre Compagnon qui, lui aussi, participe au secret…

Les Compagnons du Devoir marient deux dimensions de l'activité humaine complètement opposées: l'ésotérisme le plus éthéré et la taille de minéraux aussi peu coopératifs que le granit. Damien est resté avec eux trois ans, jusqu'à son vingt et unième anniversaire. Il a travaillé sur des chantiers en Irlande, en Italie et en France, toujours à la rénovation de cathédrales. Ascétisme, spiritualité et coups de ciseau dans le roc. Il a gravi les échelons de simple apprenti à Compagnon reconnu en participant à des rituels ancestraux sous des pleines lunes bienveillantes qui l'ont écouté réciter des serments vieux comme la nuit.

Une de ses premières tâches a été la réfection d'une gargouille. Cinq semaines de travail acharné. Des heures en tête à tête avec ce démon, ce monstre, cet animal fantastique, cette créature hybride, incarnation du vice chargée de rappeler aux passants, en crachant à pleine gueule la lie des gouttières, que hors de l'église, il n'y a que gémonies de l'esprit et cloaque de l'âme. La tâche s'avéra particulièrement ardue, exigeant un mélange de force brute, afin d'extraire la bête du bloc de pierre, et de délicatesse chirurgicale, pour ne pas abîmer ses traits qu'il dessinait jour après jour à coups de burin plus affectionnés que des caresses. Enlever pour ajouter, retirer pour créer, le paradoxe au cœur de la taille de pierre.

Dans cette roche, il y avait une gargouille, c'était à lui de la trouver et de la faire sortir, ses formidables muscles saillant à chaque percussion du marteau. La figure demandée se révélait assez sympathique, plus coquine que terrifiante, mesurant un peu plus d'un mètre de haut, avec un corps d'homme et une tête cornue, des oreilles pointues, des yeux immenses, un regard désaxé, le nez large et plat, la bouche, étirée par les doigts, laissant sortir une langue démesurée, pointue, grimaçante. Grotesque et gothique, la bête devait retrouver sa place au chéneau d'une cathédrale du XIII⁰ siècle, l'originale ayant été détruite par le temps et la négligence.

La taille de cette bestiole équivalait à un examen pour Damien, qui se savait surveillé de près par ses supérieurs. Complètement athée, convaincu que le Christ n'était rien d'autre qu'un fauteur de troubles très astucieux, il a visité à plusieurs reprises la cathédrale où son travail devait aboutir. Il respirait l'air, observait le jeu du soleil dans les vitraux, constatait qu'aucune des gargouilles n'était identique à sa sœur, qu'elles composaient un monde de personnages dotés d'une grande énergie.

D'étape en étape, de projet en projet, Damien a terminé son tour de France, voyageant d'une Maison des Compagnons à une autre. Il a choisi de décrocher au moment de la sédentarisation. Le parcours normal aurait voulu qu'il s'installe dans une des Maisons pour l'animer, transmettant le savoir qu'il venait d'acquérir à d'autres jeunes apprentis. Damien ne se sentait pas l'âme d'un pédagogue. Il a préféré accepter l'offre de l'université de Chicago, qui lui proposait d'aller travailler sur un chantier en Égypte. Ainsi, il fermait une boucle vieille comme la civilisation elle-même, puisque ce sont les architectes égyptiens, exilés en Europe, qui ont apporté avec eux le savoir-faire nécessaire à l'érection des premières cathédrales.

En s'installant à Louxor, dans la Vallée des Rois, pour œuvrer, entre autres, à la tombe d'Hatchepsout, Damien revenait à la source, il ramenait à son point de départ un lot de connaissances qui avaient traversé les millénaires avant de s'enraciner dans sa tête, son cœur, ses biceps et ses mains. Dans l'histoire de l'humanité, immense tapisserie où un même motif se répète si souvent, le périple de Damien est fort probablement unique. Après avoir pondu des gargouilles et fréquenté les miracles architecturaux de la chrétienté, il a mis son marteau et son ciseau au service d'une reine-pharaon, cinquième souverain de la XVIIIe dynastie, dont le règne a eu lieu, pense-t-on, 1 500 ans avant notre ère.

Son premier contrat en Égypte l'a mis face à la décrépitude d'une porte de temple qui menaçait de s'écrouler et d'emporter tout un pan de mur avec elle. Pour différentes raisons liées au climat et à des soucis de préservation, il était impossible d'utiliser de la machinerie moderne, pas de décaveuse ni de tracteur. Damien et son équipe d'ouvriers égyptiens déplaçaient des pierres pesant plusieurs centaines de kilos à la corde et à la poulie, imitant les méthodes utilisées au temps des pharaons. Vivant à la Chicago House, tout à fait heureux au sein de la petite communauté d'universitaires, d'égyptologues et de spécialistes en hiéroglyphes qu'il fréquentait quotidiennement, Damien s'est acheté un chapeau à la Indiana Jones avant de s'attaquer à la rénovation du toit du petit temple (à ne pas confondre avec le grand) de Medinet Habou.

L'anthropologie étant contagieuse, Brigitte poursuit ses fouilles sur Internet :

— Picasso rencontre Indiana Jones. Le *New York Times* a écrit cinq articles à son sujet. C'est un aristocrate, ce bonhomme.

— Il est très impressionnant, on ne peut le nier.

— Quelle déchéance !

— Pourquoi ?

— Du *jet-set* international à Caronville, ce n'est pas une ascension.

— Je ne crois pas qu'il conçoive le monde en termes d'échelle sociale.

— Tu l'idéalises !

— Peut-être…

En Égypte, Damien travaillait de longues heures, avec pour seule compagnie le squelette d'un soldat romain dont on ne savait trop comment il avait abouti là ni comment il avait été préservé si longtemps. Comme si l'air des pyramides figeait le temps. Il est difficile d'imaginer ce que le contact quotidien, ce corps à corps avec les vestiges d'un passé millénaire, peut faire à un homme. Peut-être en est-il venu à considérer les Chapelles Funéraires des Divines Adoratrices ou le Château des Millions d'années de Ramsès III comme des banalités, des évidences, un lieu de travail parfaitement normal.

Un astronaute américain, rencontré alors qu'il jouait le rôle de simple touriste, lui a déclaré avoir vu le soleil se refléter sur les grandes pyramides à partir du hublot de la navette spatiale, comme il s'apprêtait à s'amarrer à la Station internationale. De l'immémoriale antiquité des pharaons à la fine pointe de la technologie intergalactique, la totalité de l'expérience humaine déployait ses plus beaux atours pour meubler l'existence du tailleur de pierre québécois.

L'université de Chicago, qui finançait la Chicago House où travaillait Damien, souhaitait retoucher le socle sur lequel repose la colossale statue du roi Toutankhamon. Damien a pris l'avion, de retour en Amérique du Nord pour la première fois depuis des années. Après les cathédrales d'Europe et les pyramides d'Égypte, les gratte-ciel de Chicago lui ont tout de suite semblé sympathiques. Il s'agissait d'une autre civilisation, d'une autre époque, d'une autre façon d'exprimer son rapport à l'univers.

Les gratte-ciel étaient, eux aussi, le résultat architectural d'une civilisation dominante qui avait su imposer sa vision et ses valeurs au monde qui l'entourait, la civilisation américaine. La pyramide de Khéops atteint presque 150 mètres, la cathédrale de Strasbourg en fait 142, alors pourquoi le Chicago Temple Building ne pourrait-il pas s'élever à 173 mètres? Pour un tailleur de pierre, l'Amérique et sa prédilection pour le béton ne semblaient pas offrir de grandes possibilités de développement professionnel. Pourtant, à l'occasion d'un cocktail réunissant les bonzes de l'université, le maire de la ville et d'autres dignitaires en provenance des milieux des affaires ou des arts, Damien s'est vu offrir un contrat pour sculpter un monument qui devait servir de fontaine dans un parc, au cœur d'un quartier défavorisé.

Une enveloppe budgétaire consacrée à l'ornementation des édifices gouvernementaux et des espaces publics avait mis au travail toute la faune artistique de l'État. Les peintres et les sculpteurs de Chicago commençaient à s'essouffler, certains refusant même de généreuses bourses, les administrateurs et les fonctionnaires manquant de discernement selon eux. Ce n'était pas chic, pas de bon goût d'être inclus dans la liste des pseudo-artistes dont les réalisations trop cher payées et vite bâclées allaient recueillir des chiures de pigeon dans des parcs municipaux. Le jeune tailleur de pierre d'origine québécoise, dont tout le monde vantait les prodiges, ressemblait à un cadeau des dieux aux yeux de certains fonctionnaires qui craignaient l'élimination des budgets dont ils avaient la responsabilité s'ils n'arrivaient pas à dépenser les sommes qui leur étaient confiées.

Curieux, enthousiaste à l'idée de relever un nouveau défi, sachant que la Vallée des Rois serait toujours là s'il désirait y retourner, Damien a accepté la proposition qu'on lui faisait, non sans se donner la peine d'avertir ses nouveaux employeurs : jusqu'à aujourd'hui, son talent avait uniquement été employé à rénover des œuvres existantes à partir d'un modèle défini. Il n'avait jamais fait de création originale. On s'empressa de le rassurer : il ne pourrait pas faire pire que certaines des œuvres dites conceptuelles torchées par des spécialistes en art contemporain déjà embauchés et réembauchés par la ville. Damien s'est retrouvé dans un entrepôt, rapidement transformé en studio, à Chicago. Il ne s'est même pas donné la peine de retourner à Louxor pour récupérer ses maigres possessions, qui ont été rassemblées dans une boîte et promptement expédiées à leur propriétaire.

Sa première œuvre, *Microblaste*, une fontaine labyrinthe, devait lui valoir des éloges de toutes parts. Il avait été mis en motion, il serait difficile à arrêter. Pendant près de vingt ans, Damien s'est promené partout sur la planète, jouissant de généreuses subventions, laissant libre cours à sa créativité tout en appuyant les causes qui lui tenaient à cœur. Il ne travaillait plus seulement la pierre, qui demeurait son matériau de prédilection, mais aussi le bois, le plastique, la vitre, les métaux de toutes sortes, les déchets urbains, tout ce qui lui tombait sous la main.

Il a donné naissance à un minotaure composé de deux mille cent dix-sept vieux téléviseurs, au Brésil, pour illustrer la «monstruosité de la civilisation occidentale et l'horreur innommable du sort qu'elle réserve aux autochtones». Aidé par des travailleuses mises à pied, il a peint une gigantesque fresque, à la Diego Rivera, représentant une chaussure Nike écrasant un enfant, sur le mur d'une usine désaffectée aux Philippines, afin de dénoncer l'exploitation des pauvres par les multinationales de la mode. À Sarajevo, il a soudé des mitraillettes bout à bout, créant un hérisson de métal en souvenir des victimes des miliciens serbes.

Il avait la cote, son étoile brillait de mille feux dans le firmament *jet-set*, aucune des autorités qu'il dénonçait n'osait entreprendre des actions contre lui. Il passait les frontières sans difficulté, usant de sa notoriété pour se rendre dans les endroits les plus inaccessibles. Même le gouvernement chinois a fermé les yeux après son coup d'éclat en faveur du dalaï-lama. Des photos de son buste de Mao en bouse de yack ont pourtant fait le tour du monde. Perpétuel frimeur, à l'aise partout, arborant un sourire narquois, un regard pétillant, une allure désinvolte, Damien se moquait des collectionneurs, donnait ou même détruisait certaines œuvres plutôt que de les vendre, juste pour frustrer le marché de l'art.

Assise devant son ordinateur, Brigitte jubile :
— Il est l'un des nôtres.
— Tu nous flattes.

— Il a foncé comme un taureau plein de folie, comme une locomotive sans conducteur, comme un torrent qui déborde, comme un volcan qui explose, comme…

— Je crois que j'ai compris.

— C'est tout de même incroyable qu'il se retrouve ici!

— En effet.

— Comment tu trouves ça, toi, l'idée d'utiliser des restes humains pour faire une œuvre d'art?

— Byzantin.

Qu'est-ce que la liberté de s'exprimer si personne ne vous écoute? Pour Damien, le monde était une boîte de résonance dont il allait bientôt atteindre les limites. Évidemment qu'il abusait des bonnes choses, entre autres de la benzédrine qui lui permettait de rester actif, de nier le sommeil, de globe-trotter en semant ses œuvres à tout vent. Sa chute d'Icare, son expulsion du panthéon des gens riches et célèbres qui ont le droit de faire tout ce qu'ils veulent, a été brutale.

Le 11 septembre 2001… Dès l'écroulement de la première tour, Damien a voulu incorporer les débris dans une œuvre titanesque, un mémorial sans précédent pour un événement historique hors du commun. Alors que la plus grande partie de la planète craignait le début de la troisième guerre mondiale, Damien téléphonait à des organismes en charge du patrimoine. Son idée n'était pas mauvaise, des cendres humaines ont souvent été immortalisées dans des œuvres d'art, mais l'empressement avec lequel il la présentait faisait grincer des dents.

— Il avait perdu la tête, c'est clair.

— On peut le croire, en effet.

Brigitte se passionne pour la vie de Damien comme on pourrait le faire pour un feuilleton. Elle n'arrête plus de fouiller Internet à la recherche de nouveaux renseignements. Elle interprète sa déchéance comme une allégorie du sort des plus grandes aspirations humaines. Une *groupie*!

— Ce n'était pas une raison pour le traiter comme un criminel. La dépression n'est pas un crime. La toxicomanie non plus.

— Non, mais une crise psychotique peut provoquer des comportements criminels.

— Henri n'est pas le seul à avoir des difficultés avec la police. Les problèmes de santé mentale sont toujours mal compris par les autorités. L'altérité est hors la loi. Le fou du roi, l'idiot du village sont maintenant considérés comme des ennemis publics.

— Les comportements marginaux sont souvent punis parce qu'ils sont différents, sans plus. La différence effraie les gens.

— C'est comme pour Caronville, qu'on veut éradiquer parce que ce n'est pas une copie conforme de la banlieue qui l'entoure…

L'arrestation de Damien sur le site de Ground Zero, habillé en pompier, les yeux hagards, les traits défaits, portant un sac plein des débris du World Trade Center – débris lui-même –, a sonné le glas de son impunité. Il avait l'air si étrange, il tenait des propos si incohérents… Les policiers qui l'ont écroué ont d'abord cru qu'il était un terroriste ou, au moins, un agent provocateur.

Enfermé dans une cellule de haute sécurité où les néons ne s'éteignaient jamais, privé de tout objet personnel et de tout contact avec l'extérieur, placé sous haute surveillance 24 heures sur 24, portant un *jump-suit* orange, Damien a senti passer au-dessus de sa tête les noirs nuages d'une possible peine capitale. Trahison, espionnage, terrorisme, atteinte à l'intégrité territoriale, personnification d'un agent du gouvernement (le costume de pompier), vol de restes humains (son sac de débris contenait des résidus de victimes)... Les autorités américaines ne badinaient pas avec la sécurité, elles souhaitaient même mettre fin à l'humour de façon définitive au lendemain du fameux 9/11.

Les psychologues qui ont examiné le sculpteur ont déclaré qu'il souffrait d'une légère forme de délire schizoïde, déclenché par l'abus de barbituriques et le manque de sommeil, qu'il avait agi dans le contexte d'un épisode psychotique. Bref, le pauvre bougre n'était pas vraiment responsable de ses actions. Damien est passé bien près de finir ses jours à Guantanamo Bay ou dans un endroit pire et inconnu du grand public. Il est resté enfermé plusieurs semaines dans un cachot sans fenêtre, sous un éclairage inquisiteur et continu, sans lecture ni télévision, n'ayant même pas le droit de se dégourdir les jambes dans le couloir, avant qu'on daigne enfin s'occuper de son cas.

Selon toute vraisemblance, la cellule qu'il occupait devait immédiatement recevoir un suspect bien plus dangereux, un prévenu qui présentait un véritable facteur de risque. On a forcé Damien à se doucher, à se raser, on lui a rendu ses vêtements avant de l'escorter jusqu'à la frontière canadienne, où un représentant de la loi lui a signifié qu'il n'aurait plus jamais le droit de mettre les pieds aux États-Unis, sous peine de subir une incarcération immédiate et perpétuelle. Toutes ses possessions se trouvant en sol américain – son condominium de Brooklyn, son bungalow en banlieue de Miami, ainsi que leur contenu – avaient été saisies par le gouvernement américain. Même dans l'état d'hébétude où il se trouvait, Damien a senti un pincement au cœur pour une toile de Riopelle accrochée au mur du salon de son condominium, une œuvre qu'il ne se lassait jamais de contempler et qu'il ne reverrait plus jamais.

L'homme en uniforme, une sorte de superflic à la fois militaire, espion, juge et partie, a détruit le passeport de Damien à grands coups de ciseaux avant de lui rendre la liberté de l'autre côté du pointillé imaginaire qui sépare le Canada des États-Unis. Le soleil se levait, il faisait froid, l'air était chargé d'humidité. Si le portefeuille du paria renfermait encore son permis de conduire et sa carte d'assurance maladie, ses cartes de débit et de crédit avaient mystérieusement disparu. Peu importe, Damien était si content de retrouver sa liberté qu'il a marché de Lacolle à Montréal, où il a dû entrer par effraction dans une de ses propres résidences afin de tenter de reprendre les commandes de sa vie.

Dans les semaines qui ont suivi, une série d'articles salissant sa réputation, laissant planer les doutes les plus sordides sur ses mœurs et ses habitudes, ont été publiés dans divers journaux, ont circulé dans les médias de différents pays. Des photos de lui en *jump-suit* orange accompagnaient presque toujours les textes. Elles le représentaient les traits hagards, la peau si pâle qu'elle semblait verte, le regard cerné, l'air général d'un dangereux débile. Qui avait pris ces photos? Qui les faisait circuler?

La cote de Damien a dégringolé, la valeur de ses œuvres a baissé de moitié, certaines galeries et certains musées ont même détruit de ses tableaux et de ses sculptures. C'était l'époque où les Américains préféraient manger des *freedom fries*, la période où ils s'abstenaient de se donner des *french kiss*, alors un Québécois soupçonné d'activités antiaméricaines n'avait vraiment rien pour plaire. Peu importe, Damien en avait eu assez, son système nerveux avait «tilté» pour de bon dans sa cellule, sous le regard des caméras et sous l'éclairage blafard des néons. Il est devenu misanthrope, agoraphobe, claustrophobe, phobe-phobe si une telle chose est possible.

Il s'est acheté un petit chalet au nord de Mont-Laurier pour y vivre en ermite pendant des années. Son retour progressif à la vie civilisée, une œuvre et un pas à la fois, s'est fait comme malgré lui. La fin du régime de George W. Bush, un changement dans les mentalités, une lassitude de la terreur imposée par la lutte aux ennemis imaginaires ont fait qu'il a de nouveau pu se présenter en public.

Et voilà que son premier coup d'éclat, il le fait à Saint-Rancy, à Caronville même. Personne ne va comparer la lutte des Tibétains pour leur autonomie politique à celle de Caronville contre l'étalement urbain, mais ces deux causes ont maintenant quelque chose en commun : elles ont toutes les deux obtenu l'attention de l'artiste sculpteur Damien Roy !

— Il est notre sauveur !

— Restons calmes. Sa réputation garantit qu'il va attirer l'attention. D'accord, ça ne peut pas être mauvais.

La présence d'un tel dignitaire dans nos parages nimbe d'une lumière presque surréelle les événements du quotidien. Damien a déjà séjourné au Buckingham Palace, en compagnie du Prince Charles et de Lady Diana, qui nourrissaient une grande admiration pour son travail. Pareil privilège n'est pas accordé au commun des mortels. Le sculpteur a accumulé une telle série d'expériences, des cathédrales aux pyramides et à cette fameuse cellule où il a presque sombré pour de bon dans la folie, cette cellule dont il a mis tant d'années à sortir... Sa vision du monde, de la vie humaine, ne peut être qu'unique et inimitable.

12

Le quotidien s'organise autour de l'inukshuk. Zoé, l'amie de Jacob, invite sa bande à bivouaquer à Caronville. Ce sont des étudiants en politique, des activistes, des altermondialistes comme elle. Ils installent des tentes entre les maisons, dressent un camp, constituent rapidement une véritable petite communauté de jeunes barbus, torse nu, de filles avec des anneaux dans le nez et des sandales aux pieds. Ils parlent de sauver la planète, de réchauffement climatique, de lutter contre les multinationales qui, disent-ils, sont des entités politiques dominantes et voraces nous menaçant tous. Ils sont béats d'admiration devant Damien qui vient les visiter, ajoutant des fioritures à son armure à chacun de ses passages, prenant de plus en plus l'allure d'une sorte de gourou sinon spirituel, du moins politique. Tout en partageant une bière avec lui, j'essaie de le repousser dans ses retranchements :

— Qu'est-ce que tu fais ici ?

— Je résiste.

— À quoi ?

— À l'homogénéisation à outrance.

— Des belles paroles…

— Qui dénoncent une réalité dangereuse. Ceci *est* le merveilleux monde de Disney. Si vous n'avez pas les moyens de payer votre billet à l'entrée, vous ne pouvez pas monter dans les plus beaux manèges... De plus en plus, l'espace public se résume à une rencontre entre le centre commercial et le parc thématique. Un endroit pour tous vos besoins! La culture, la nourriture, les vêtements, le divertissement, les articles ménagers, les soins de santé, les produits pour l'hygiène et la beauté... Toute la famille y trouve son compte. Le citoyen cède la place au consommateur qui s'efface devant l'enfant roi. Si un bambin de cinq ans ne peut pas le comprendre, nous ne le vendrons pas.

— Comme au Dix-30...

— C'est partout pareil. Il n'y a pas vraiment de différence entre le Dix-30 et Star City, sauf que Star City se trouve à 50 kilomètres du Caire. Les films, les livres, la musique, les vêtements et la nourriture qu'on y vend sont identiques. Gap, Hilfiger, McDonald's et les Backstreet Boys ont *cocacolonisé* les esprits de tout un chacun.

— Où est le mal?

— Tu fais exprès pour me faire parler...

— Non. C'est juste que... tous les jeunes qui campent à Caronville conçoivent la civilisation occidentale comme méchante et injuste. Comme si le moindre lance-pierre aborigène méritait plus d'admiration qu'un ordinateur, comme si le plus insignifiant grognement primitif valait mieux que la Charte des droits de la personne.

— Ce n'est pas la civilisation occidentale, le problème. J'ai passé plusieurs années de ma vie à rénover des cathédrales, ne l'oublie pas. Le problème, c'est le murmure marchand. Une bouillie prémastiquée pour l'intellect et pour l'âme qui retire à l'individu isolé le droit de s'exprimer et impose l'obligation d'écouter et de se conformer. Les ritournelles publicitaires sont des électrodes qu'on nous plante dans le cerveau pour contrôler notre imagination.

— C'est pour lutter contre le contrôle de l'imagination que tu es venu à Caronville construire des inukshuks?

— Oui, exactement. Les maisons de Caronville sont différentes, leurs habitants aussi. Je crois au droit à la différence. Il ne faut pas laisser le bulldozer de l'uniformité tout raser sur son passage.

Les jeunes allument des feux de camp et jouent de la guitare tard le soir. Ils se lavent et s'abreuvent directement au boyau d'arrosage installé par Rainbow à même le robinet sur le côté de sa maison. Ils fument du pot, traînent toute la journée, se disputent pour savoir à qui le tour de laver la vaisselle ou de préparer la nourriture. Ils aident Marie à faire ses courses, son ménage, s'ingéniant à lui rendre la vie plus facile. Rendus gourmands après avoir fumé trop de marihuana, ils ont dévoré presque toutes les fraises de Jean, qui les mitraille du regard chaque fois qu'il les croise. Il regrette amèrement son ancienne tranquillité.

Ils ont évidemment suscité l'ire de Jocelyn Tremblay, notre superflic local. Gyrophare allumé, uniforme impeccablement repassé, Jocelyn passe faire son inspection. Il secoue les tentes, tâte les cendres du feu de la veille, toise les jeunes sous le nez, reluque particulièrement les filles. Il leur demande leurs papiers d'identité, examine une carte d'assurance maladie, un permis de conduire, reniflant, ajustant sa ceinture, sans jamais sourire ni montrer un brin d'humanité. Il a forcé les jeunes à déplacer une de leurs tentes sous prétexte qu'elle bloquait la voie publique. Il se gratte le menton, cherchant, c'est bien clair, à déranger, à perturber, à briser la jovialité qui règne autour du géant inukshuk.

Mais les jeunes savent comment s'y prendre. Ils sont avenants avec lui, se pressant de répondre à ses questions ou à ses préoccupations, l'appelant «Monsieur l'agent», allant même jusqu'à lui demander s'il y aurait quelque chose qu'ils pourraient faire pour éviter d'être un dérangement. Désarçonné, constatant qu'on se moque de lui, ne sachant contre qui sévir, Jocelyn claque la portière de son auto-patrouille et s'en va, j'imagine, sillonner Saint-Rancy à la recherche d'infractions mineures qu'il pourrait punir avec toute la rigidité de la loi. Les jeunes applaudissent et poussent des cris de victoire lorsqu'il disparaît. Un parfum d'espoir embaume l'horizon.

Comme je frotte mes poignets endoloris pour faciliter la circulation du sang, Brigitte retire ses bottes de cuir rouge et range sa cravache jaune dans le garde-robe, avec ses autres accessoires. Flambant nue, les poings sur les hanches, elle a soudain une idée :

— On devrait l'inviter à souper.

— Pardon ?

— On pourrait faire une fondue.

Ma fringante maîtresse ne peut résister au pôle d'attraction constitué par la personne de Damien Roy.

— Au fond, il est comme nous, un *has-been* qui cherche un second souffle. Dans toute la ville, nous sommes les deux personnes les mieux équipées pour le comprendre. Je veux que tu l'invites.

La Austin Martin se range devant la maison, répondant du coup à quelques-unes de nos questions au sujet des états financiers de Damien. A-t-il perdu la fortune accumulée au faîte de sa gloire ? A-t-il tout dépensé ? Est-ce qu'il lui en reste au moins une petite partie ? Si on se fie à l'automobile qu'il conduit, on peut le croire. Comme nous contemplons le rutilant véhicule par la fenêtre, tout en nous tenant prudemment en retrait derrière le rideau pour ne pas avoir l'air impoli, nous sommes étonnés de ne pas voir les portières s'ouvrir. La voiture reste là, longtemps, sans bouger, sans qu'un signe de vie vienne trahir la présence de passagers.

Après plusieurs minutes, comme nous commençons à être sincèrement inquiets, à nous demander si nous ne devrions pas aller voir, les portières s'ouvrent. Damien surgit du côté du conducteur, et de l'autre apparaît un petit brin de femme à la peau basanée et aux cheveux bouclés. Elle porte une robe jaune serin qui couvre à peine ses fesses. Elle est juchée sur des talons qui feraient mourir d'envie un échassier. La raideur de leurs mouvements et l'angle trop accusé des regards qu'ils se lancent trahissent une dispute. Surtout, la femme donne des signes d'exaspération, ouvrant ses mains au-dessus de sa tête, écartant ses doigts, déployant ses coudes comme des ailes déplumées, sa bouche tordue de dépit. Si petite qu'elle ressemble à une enfant à côté de Damien, elle baisse la tête et écoute les paroles apaisantes qu'il lui murmure à l'oreille. Elle se calme, sourit un peu, secouant son menton de gauche à droite.

Il nous la présente :

— Voici Conchita, une de mes apprenties. Elle se spécialise en…

— Oh! Je suis ton amoureuse, oui. Tu as honte de moi ?

Brigitte et moi, figés par leur petit numéro, attendons en souriant poliment qu'ils daignent passer le portique et s'avancer dans la direction du salon. Les yeux de Conchita crépitent d'électricité, ses mouvements désordonnés l'ont déjà menée deux fois en collision frontale avec la patère qui semble subitement douée de vie à son contact, maléfique pieuvre de bois. Je me penche pour récupérer les manteaux tombés par terre. À quatre, nous partageons un rire qui ne dissipe pas entièrement le malaise. Damien et Conchita fixent le sol sans dire un mot, comme des enfants qui craignent d'être punis. Brigitte les invite, avec plus d'insistance, à passer au salon où nous attendent Henri et Henriette.

Conchita a un drôle de regard lorsque Brigitte lui présente Henriette. Elle tourne la tête vers Damien comme pour lui demander de l'aide, ouvre la bouche, se ravise et se contente de sourire à la pauvre Henriette qui n'a rien perdu de son manège. Brigitte pousse un soupir de soulagement. Nous nous assoyons, chacun de nous, semble-t-il, raidi par le désir de ne rien faire pour gâcher la soirée. Mais le pire surgit toujours d'une manière ou d'une autre :

— Qui a peint ce tableau ? demande innocemment Damien en désignant la rose et la pomme accrochées au mur, au-dessus du divan.

— C'est Rio, de répondre une Brigitte enjouée.

Je sens aussitôt le besoin de m'excuser :

— La peinture est une thérapie pour moi. J'ai eu un accident…

Je me mords l'intérieur des joues. Ai-je vraiment besoin de dénigrer mon œuvre de cette façon, comme un père qui aurait honte de son fils ? Poli, Damien improvise un commentaire généreux :

— J'aime beaucoup les couleurs. Il y a de l'amour dans ce rouge.

Henri se penche vers Conchita, qui se crispe sous l'averse de postillons :

— C'est symbolique. C'est parce que Brigitte est belle comme une rose et croquable comme une pomme !

Nous rions enfin tous ensemble. La tension se dissipe un peu.

Nous buvons quelques verres. Nous fumons quelques cigarettes. Chaque fois qu'Henri donne signe de vouloir se pinter trop généreusement, Henriette le retient d'une main sur le genou, d'une caresse sur la joue. Conchita ne participe pas beaucoup à la conversation. Personne ne se plaint. Nous passons à la salle à manger sans accroc majeur.

En ouvrant la troisième bouteille de vin, j'attaque Damien à propos des mystères de l'Égypte. Il sourit en haussant les épaules :

— Nos savants et nos techniciens les plus avertis ne peuvent pas fournir d'explication convaincante au sujet des grandes pyramides. Ce n'est pas une énigme facile à résoudre : 2,7 millions de mètres cubes de blocs de pierre découpés, transportés, hissés, positionnés.

— Mais pourquoi des pyramides ? Pourquoi pas des bungalows ?

— La croyance à la réintégration d'un nouveau cycle exigeait, de la part de ceux qui en avaient les moyens financiers, la construction de leur propre monument funéraire. Les pyramides sont des Maisons d'Éternité. Peuple de philosophes, les Égyptiens passaient leur vie à préparer leur mort.

— Une Maison d'Éternité… C'est exactement le contraire de ce qui se passe à Caronville.

— Peu de gens le savent, mais les pharaons n'employaient pas d'esclaves. Les Égyptiens étaient des hommes libres. On parle d'une communauté de quatre millions d'individus qui ont mené à terme des projets intemporels… éternels !

— Ils étaient seulement quatre millions ?

— Exactement. Khéops a eu besoin de vingt ans et de trente mille personnes pour élever la grande pyramide. Afin de financer ses travaux, l'Égypte commerçait sans arrêt. On pouvait y acheter ou y vendre de l'ivoire, de l'ébène, des pierres semi-précieuses comme le jaspe, des peaux de léopard, de babouin ou même des queues de girafe.

— Mais toi qui les as réparées, ces pyramides, toi qui as érigé notre inukshuk, tu dois bien savoir comment elles étaient construites!

— J'ai effectué certains travaux de réfection dans la Vallée des Rois. On est loin de l'érection d'une pyramide!

— Tout de même, c'est quoi l'hypothèse la plus probable?

— Il y en a qui disent que ce sont les extraterrestres qui…

— Sérieusement!

— Hérodote parle de balanciers utilisant l'eau du Nil détournée par des canaux, qui auraient permis de hisser des pierres de deux tonnes d'une étape à une autre, soit sur des hauteurs de six mètres à la fois. L'historien précise que les blocs étaient soulevés par les quatre côtés. Un exploit technique paraissant impossible pour une population qui, toujours selon Hérodote, ne connaissait ni la roue, ni le fer, ni la poulie, ni même le treuil.

— Hérodote?

— Un Grec. Peut-être le premier historien. Il s'est passionné pour les guerres médiques et il a écrit au sujet de l'Égypte. Un conteur de grande qualité.

Après le souper, nous sommes retournés au salon:

— Tu n'as pas toujours été agent d'immeubles?

— Non, avant, j'étais humoriste.

Damien hoche la tête et lève l'index, comme quelqu'un qui se souvient:

— C'est toi qui faisais l'émission dans l'égout…

— Exactement.

— Je t'ai déjà regardé. Tu étais assez comique.

— Merci. J'aimais beaucoup faire ce show. Ç'a été un coup dur pour moi quand l'émission a été annulée.

— Je connais un peu l'univers de la télévision. Ce n'est pas un bon endroit pour avoir le goût de durer. Tout change si vite.

On entend l'eau qui coule et des bruits de vaisselle en provenance de la cuisine. Brigitte prépare le café. Nous sortons dans la cour. Damien s'allume un mince cigarillo, et moi, une cigarette. Il souffle la fumée par les narines :

— Ça me fait drôle de militer de nouveau.

— Bah… Caronville, ce n'est quand même pas le dalaï-lama ou…

— Ou le World Trade Center ?

Il me jauge du coin de l'œil, son cigare fiché dans un sourire moqueur.

— J'ai flippé, ce serait dur de le nier. Je voulais être de toutes les causes, de tous les partis à la fois, tout et son contraire. Je me suis éclaté la tête en mille petits morceaux. Il m'a fallu des années pour me reconstituer. Pour retrouver la paix, l'absence de vertige.

Il baisse les yeux puis regarde ailleurs, mal à l'aise. Je ne veux pas qu'il pense que je le juge. Cet homme a vécu avec tellement d'intensité ! Je souris et lui touche le coude :

— Ça fait longtemps, le 9/11. La vie continue. On est vraiment contents de t'avoir ici, à Caronville. Personne ne s'occuperait de nous si tu n'étais pas là.

Il sourit à son tour. Nous restons un moment côte à côte, à fumer en silence. Brigitte passe la tête par la porte entrouverte :

— Le café est prêt.

13

Réunion de famille. Jacob m'ouvre la porte, l'air
narquois, le visage hâlé en raison de tout le temps qu'il
passe à Caronville, ce dont je ne dois pas parler ; c'est
notre secret de Polichinelle.

— Ma mère et Michel se sont engueulés.

Il a juste le temps de me murmurer cette confidence : ma sœur sort de sa cuisine en s'essuyant les
mains sur son tablier. Elle est radieuse. Jamais on ne
soupçonnerait qu'elle a des problèmes de couple. Je
ne corresponds pas assez à son idéal de sérénité pour
qu'elle se confie à moi. Nous nous installons à la
terrasse, derrière le bungalow familial, à quelques pas
de la piscine creusée.

Le gazon de la cour est tellement vert qu'il ressemble à du papier d'emballage de Noël. Ayant abandonné son tablier dans la cuisine, ma sœur porte une
de ses créations, un costume une-pièce rouge pompier
qui lui va très bien, par-dessus lequel elle a enroulé un
sarong bleu marine. Michel fait griller des steaks d'une
épaisseur invraisemblable sur son non moins invraisemblable BBQ au gaz propane muni d'un nombre
impressionnant d'appendices, dont un réchaud sur le

côté, une bonbonne de secours, un revêtement chromé et inoxydable, des jauges, des cadrans, des boutons... Mon neveu ne peut pas se tenir:

— Tu sers de cobaye... Michel a acheté un nouveau BBQ. Nous attendons de la grande visite.

— Jacob!

Mon neveu me dévoile tous les secrets de la famille. Sa mère se retient de lui tirer l'oreille. Il va bientôt avoir dix-huit ans, il est un peu grand pour ce genre de traitement. Michel marmonne quelque chose en piquant sa viande avec un instrument à mi-chemin entre la fourche et la fourchette. Il a presque l'air mal à l'aise. Je suis touché par sa considération. Il finit par hausser les épaules en parlant d'une occasion unique:

— Je ne peux pas laisser passer une chance pareille.

— Quitte à ruiner la vie de tous les gens qui t'entourent.

Monique, ma sœur, lui lance un regard assassin. Je commence à comprendre d'où vient le malaise. En effet, le BBQ est neuf, et on profite de ma présence pour l'inaugurer. Les convives de marque, les gens importants, viendront le week-end prochain. Les recruteurs du Parti libéral... Michel poursuit son rêve de passer à la politique provinciale. Il s'imagine ministre depuis tellement d'années. Je me demande ministre de quoi, d'ailleurs. Du Golf? De la Maison roulante? Probablement du Tourisme et du Loisir! Comme toujours, il craint l'arrivée d'une éventuelle gestapo financière, médiatique ou gouvernementale attirée par l'atelier de Monique, par ses maillots fabriqués sans autorisation, mais surtout par ses deux occasionnelles travailleuses mexicaines, réduisant, sinon ruinant, ses chances de siéger à l'Assemblée nationale.

— Il faut être impeccable. Ne serait-ce qu'au début.

— Je ne vais pas manquer une seule saison. N'y pense même pas. Nous avons déjà suffisamment sacrifié à tes ambitions et à ta soif de pouvoir.

Ils se jettent un regard plein de hargne, mais la solidarité du couple prévaut: ils s'abstiennent de se chicaner devant moi. Jacob jubile, cette perpétuelle dispute entre ses parents lui permet de faire tout ce qu'il veut et explique comment il peut impunément passer son été à Caronville, évitant le traditionnel emploi étudiant dans une gargote ou ailleurs. Je sirote ma bière sans dire un mot. Je ne suis pas venu tourner le fer dans la plaie matrimoniale de ma sœur. Qui peut se vanter d'une relation sans heurts ni difficultés? Lorsque je suis sorti de l'hôpital de réhabilitation, après mon accident, ma sœur m'attendait. Elle était bien la seule. Elle m'a incité à devenir agent d'immeubles. Elle m'a presque traîné de force à Saint-Rancy. J'étais complètement déprimé. Elle m'a ramassé à la petite cuillère. Je ne sais pas ce que j'aurais fait sans elle. Je suis mal placé pour la juger.

Changeant le sujet du litige, mais poursuivant son attaque contre l'autorité et ce qui la symbolise, Jacob annonce qu'il ne mangera pas de steak. Il affirme vouloir se faire végétarien:

— Un seul bœuf mange plus de céréales qu'un village africain tout en produisant plus de méthane qu'une usine. Il faut sauver la planète.

Michel en a le souffle coupé.

139

— Mais tu adores la viande! Tu as toujours mangé ton steak saignant!

Je me doute bien d'où viennent les nouvelles préoccupations qui fleurissent dans la bouche de mon neveu. Elles ont été plantées là par les doux baisers de sa petite amie. La tension monte entre le fils et le *step father*. Les choses auraient été bien différentes si le vrai père de Jacob ne s'était pas tué dans un stupide accident de moto. Monique passe une main dans les cheveux de son fils:

— On ne le voit presque jamais. C'est à peine s'il rentre pour manger et changer de vêtements. Au moins, je sais qu'il a encore besoin de moi pour sa lessive.

Je hausse les épaules et me contente de leur rappeler:

— Il va bientôt être majeur. Il peut bien faire ce qu'il veut, même sa lessive.

Michel fusille du regard le fils de sa conjointe. Mais la révolte de Jacob atteint rapidement ses limites. Lorsque les steaks passent de la grille du BBQ à une grande assiette au centre de la table, le visage du jeune écologiste en herbe trahit ses hésitations. Encore là, sa mère vient à son secours:

— Ils sont énormes. Tu veux avoir la moitié du mien, Jacob? On partagera le plaisir et la culpabilité.

Nous voici donc tous assis autour de la table de formica blanc, avec notre morceau de viande, notre bière, notre salade et notre pomme de terre. Nous incarnons l'Americana dans toute sa splendeur. Invitée par ma sœur, Brigitte a refusé de venir sous prétexte qu'elle doit s'occuper d'Henri et d'Henriette. En vérité, Michel et elle ne peuvent pas se blairer, surtout maintenant, avec cette histoire d'expropriation. Au point où il serait dangereux de les laisser dans la même pièce.

Monique fait la conversation. Elle se plaint de la difficulté qu'elle éprouve à se procurer des élastiques de qualité, du genre qui ne laissent pas saillir la culotte après seulement deux ou trois lavages. Elle pérore pendant plusieurs minutes, ébahie, dit-elle, par certains des maillots aperçus dans une revue spécialisée. Elle aimerait bien savoir qui invente tous ces motifs, si les couleurs éclatent avec autant de vivacité dans la vraie vie ou s'il s'agit d'un effet des caméras et du papier glacé.

Ma sœur n'a rien d'une pie, elle ne jacasse pas autant normalement. Il y a plus d'un an qu'elle n'a pas réussi à réunir les trois hommes de sa vie : son mari, son fils et son frère. Elle souhaite, je le devine, une soirée sans accrochage majeur. La dernière fois, Michel et moi avions trop bu et avions fini par nous crier des insultes par la tête. Je l'avais traité de crypto-fasciste, il avait répliqué en me qualifiant de flanc-mou bon à rien. J'avais regretté mon manque de contrôle, qui avait eu pour unique résultat de me priver de voir Monique pendant plusieurs mois.

Aussi, désireuse d'éviter tout incident, inquiète parce qu'elle a choisi un sujet qui la passionne, qu'elle ne peut éviter et qui, elle le sait, risque d'irriter son mari, la pauvre bavasse-t-elle au sujet des maillots conçus et fabriqués dans le sous-sol de sa maison. Ses clientes lui confient leurs plus terribles secrets. Certains chirurgiens, des goujats, découpent une femme comme s'il s'agissait d'un vulgaire quartier de bœuf. La qualité des matériaux est toujours à vérifier, le chlore ruine même les meilleurs tissus… Elle a beau incarner la joie de vivre avec toute son énergie, elle finit par s'essouffler.

Souhaitant l'encourager, désireux d'enterrer la hache de guerre à tout jamais, je multiplie les questions aimables et raisonnablement intéressées en direction de Michel. Comment vont les ventes ? Le camping-caravaning a-t-il le vent dans les voiles ? Le prix de l'essence affecte-t-il l'enthousiasme de la clientèle ? Là, une lumière s'allume, je touche un point sensible, on fait un bout de chemin sur ce thème. C'est une vraie honte, soutient Michel, on se moque des honnêtes gens, le prix à la pompe ne reflète en rien les fluctuations du baril sur le marché. Le gouvernement devrait intervenir, des taxes devraient être abolies, des lois créées. L'Iraq, l'Iran, la Libye, l'Arabie saoudite, tous ces foutus Arabes ne rêvent que de saper le moral de l'homme blanc en l'empêchant de partir en vacances avec sa famille, comme il en a le droit !

Michel s'emporte, s'empourpre, s'étouffe avec une bouchée de steak, s'essuie la bouche du revers de la main, avale une gorgée de bière, reprend sa diatribe. Je le regarde parler sans vraiment l'écouter. Il est absolument hallucinant. Il n'a même pas conscience de surfer sur sa propre vision des choses. Selon lui, la civilisation humaine a pour seul but de permettre à *Homo sapiens* de se véhiculer dans une roulotte démesurée, jouissant du mariage singulier et inégalable du confort et de l'aventure.

Je cligne de l'œil vers Jacob, qui grince des dents en secouant la tête. Mon neveu ne partage pas les convictions de son paternel de substitution. Je sens qu'il va éclater, rétorquer, l'envoyer paître d'une seconde à l'autre. Histoire d'éviter l'esclandre, ne souhaitant pas causer de chagrin à ma sœur pour rien, je change de sujet. Pour faire plaisir à Michel, ce n'est pas compliqué, après les caravanes, il y a le golf. Je lui demande comment va sa saison, s'il est satisfait de son swing, si l'herbe des terrains qu'il fréquente est aussi grasse et verte que celle de sa propre cour.

Au sujet de la pelouse, de son importance, des bonheurs qu'elle procure, il a aussi ses opinions. La tonte du gazon, par exemple, est un art qu'il vaut mieux pratiquer tôt le matin et jamais après une averse. Est-ce que je sais que les Américains investissent annuellement plus de 750 millions de dollars en semences et plus de 25 milliards de dollars en produits d'entretien des pelouses? Des subventions accordées aux quartiers défavorisés permettent aux pauvres gens qui y habitent de posséder, eux aussi, un carré de gazon et d'en jouir. Est-ce que je m'en doutais? C'est le chant d'amour de la petite-bourgeoisie pour les feuilles d'herbe. Emballé par le sujet, Michel avoue qu'il connaît un homme ayant réussi à faire pousser du gazon sur le toit de sa caravane, improbable et heureuse union du nomadisme et de la sédentarité. Il a des photos. Si je le souhaite, il me les montrera après le souper.

Pour ce qui est du golf, tout va bien, même si les prix ne sont plus ce qu'ils étaient. Il a remporté un tournoi la semaine dernière, gagnant un week-end pour deux dans un hôtel de Mont-Tremblant, spa, massage et détente. Une vraie honte! L'année passée encore, le même tournoi offrait une semaine complète de villégiature, et non pas un misérable deux jours. Est-ce qu'il m'a déjà dit qu'il aurait pu devenir un joueur de golf professionnel si ses parents l'avaient encouragé, s'il était né aux États-Unis, s'il avait eu un peu plus de chance? Je souris, hoche la tête et crispe les muscles des mâchoires pour retenir un bâillement.

Du bout de sa fourchette, Jacob triture un morceau de gras au fond de son assiette, le front appuyé contre son poing, l'air de s'emmerder royalement. Le dos droit, ma sœur encourage son mari, sourit, le relance quand il s'arrête pour reprendre son souffle. J'ai cessé depuis longtemps de me demander ce qu'elle lui trouve. J'ai appris à choisir mes combats, et celui-là est perdu d'avance. La fois où j'ai fait preuve d'un peu trop de sarcasme, elle a feulé en affirmant aimer un homme qui peut payer ses factures, prendre ses responsabilités, agir sur le monde qui l'entoure, un homme qui ne perpétue pas son adolescence comme s'il s'agissait d'un état de grâce. Je n'ai pas compris à qui elle faisait allusion...

Monique se lève, débarrasse la table. J'offre de l'aider, elle me fait signe de rester assis. Elle revient avec un dessert super, un gâteau aux ananas, léger, pas trop sucré, un délice. Le soleil n'est plus qu'une boule orangée qui fond à l'horizon. Comme un poulpe, le soir diffuse son nuage d'encre. Monique allume des chandelles, remplit ma tasse d'eau chaude pour me faire une tisane. Michel allume un énorme cigare. Je refuse poliment de l'accompagner. Jacob se sauve, le chanceux. Je vois poindre la fin de l'épreuve. Je me félicite intérieurement pour mon sang-froid, ma diplomatie, ma maîtrise de moi-même. Le cigare de mon beau-frère pue l'enfer. Cet homme et moi n'avons vraiment rien en commun.

S'éclaircissant la voix, l'air de rien, haussant légèrement le ton, Michel déclare :

— Caronville est un trou infect qu'il faut purger. Ce dossier dépasse la simple politique municipale. Un homme qui peut mener à bien cette affaire prouve qu'il a l'étoffe d'un ministre.

Voilà le jeu vidéo de la vraie politique : s'il se débarrasse de Caronville, Michel va accéder à un plus haut niveau de pouvoir. C'est du moins ce qu'on lui fait miroiter. Monique pince les lèvres et s'applique à récupérer les dernières miettes de son gâteau en les écrasant avec sa fourchette. Elle choisit de ne rien dire puisqu'elle est elle-même menacée d'être expropriée de son sous-sol.

Je ne sais pas pourquoi, chaque fois que Michel parle de Caronville, je trouve l'endroit un peu plus attachant, un peu plus séduisant, un peu plus important. Mais je suis ici pour faire plaisir à ma sœur, parce que je l'aime, parce qu'elle est ma seule famille. Je souris, hausse les épaules, marmonne quelques syllabes incompréhensibles. Je fais mon possible pour ne pas répondre, pour éviter l'affrontement. Je tends l'autre joue, je suis un modèle de patience et de vertu. Mon beau-frère n'y comprend rien, il fonce comme un train sans conducteur, toujours droit vers l'horizon de son idée fixe.

— Selon Jocelyn, tu y étais l'autre jour, lorsqu'il y a eu la manifestation. Ils ont construit des totems préhistoriques ou je ne sais trop quoi…

— Ce sont des inukshuks. Une pratique culturelle qui vient du Grand Nord. Les Inuits érigeaient des inukshuks pour indiquer un point d'eau ou un territoire propice à la chasse. C'est une forme de communication d'humain à humain. Un poème de pierre dans un désert de glace.

— C'est surtout tout à fait illégal. J'ai vu les photos. Il y en a un qui doit faire dix mètres de haut, au beau milieu de la voie publique! On va raser tout ça en même temps que les maisons.

— Pourquoi est-ce si important?

— Tu parles d'une question, surtout venant d'un agent d'immeubles! Tu oublies où se trouve ton profit! La compétition est féroce. Depuis la construction du Dix-30, Brossard est à la mode. Il se dépense, dans ce centre commercial, des millions de dollars chaque année. Les nouveaux quartiers poussent à Chambly comme des boutons sur le nez d'un collégien. Un fléau!

— Qu'est-ce que ça fait?

— De l'activité économique. De la consommation. De la vie! À la vitesse à laquelle le chantier progresse, Saint-Rancy pourrait devenir la municipalité québécoise à avoir connu la plus grande croissance démographique cette année, pour la deuxième fois de suite. Une statistique comme celle-là envoie un message aux banques, aux commerçants et au gouvernement. Saint-Rancy est dans le coup, Saint-Rancy voit grand, Saint-Rancy se développe. Saint-Rancy est *in*!

— Je ne vois toujours pas ce que ça change.

— Nous avons maintenant une clinique privée sans rendez-vous! Avant, il fallait aller à Longueuil pour se faire soigner.

— Ce n'est pas si loin.

— Parle pour toi, égoïste. Les personnes âgées et les jeunes familles ne le voient pas du même œil.

— Si tu le dis. Tu as l'air vraiment déterminé.

— Un promoteur étudie la possibilité d'installer un terrain de golf à la place du terrain vague qui jouxte Caronville et nous sépare de la ville voisine. Ce serait absolument formidable.

— Ce n'est pas un terrain vague. C'est une forêt. Tu veux expulser de pauvres gens, les mettre à la rue, pour un terrain de golf?

— Un terrain de golf ou un centre commercial. Ne sois pas stupide. L'avenir économique de Saint-Rancy est en jeu. Il faut produire des richesses pour manger. On ne peut pas se contenter de peindre des tableaux avec des couchers de soleil! Nous ne pouvons plus reculer. D'ailleurs, nous allons voter pour l'expropriation au prochain conseil de ville.

Il pose ses coudes sur le plastique blanc de la table, se penche dans ma direction, arque les sourcils en signe de considération :

— Rio, mon cher beau-frère, dis-moi… Ta carrière d'humoriste ne t'amusait plus?

— C'est ça.

— Pourtant, je me souviens de t'avoir vu à la télévision. Tu étais assez populaire à l'époque. Toutes les semaines, tu sortais d'une bouche d'égout. Tu avais toujours un costume différent. Tu portais une combinaison de plongeur, un équipement de joueur de hockey, un casque de travailleur de la construction… Et tu te moquais des gens. Si j'ai bien compris, tu gagnais ta vie en riant des autres.

— Ça fait longtemps que je n'ai pas fait de télévision, Michel. Sincèrement, tu me parles de ça et on dirait une autre vie.

— Mais tu fais un bon profit en vendant des maisons à Saint-Rancy. Depuis l'ouverture du chantier, tu as dû amasser un bon magot.

— Oui, en effet. Plus que je n'avais prévu ou même rêvé.

— Plus qu'en jouant au clown à la télévision?

— Pas mal plus.

— Tant mieux, parce que je vais te dire une chose…

Plus il parle, plus il s'approche de moi, le corps étiré par-dessus la table, son visage touchant presque le mien. Les yeux injectés de sang, la bouche tordue, le faciès effrayant à force de détermination.

— Jocelyn a pris des photos de toi et de tes petits amis en train d'ériger votre totem cromagnonesque. Si vous voulez régresser à l'âge des cavernes, c'est votre affaire. Moi, je vais résolument de l'avant.

Il me postillonne dans le visage. Je voudrais bien reculer, mais je suis coincé contre la rampe de la terrasse. Décontenancé, j'essaie quand même de répondre :

— Tu fais comme tu crois, Michel.

— Justement, tes employeurs seraient particulièrement irrités de te voir pactisant avec l'ennemi,

148

non? Je ne suis pas certain qu'ils voudraient toujours t'avoir comme unique représentant dans le marché florissant de Saint-Rancy s'ils savaient jusqu'à quel point tu t'ingénies à nuire à leurs intérêts.

Prudente, ma sœur intervient comme elle le peut :

— Qui prend encore de la tisane ?

14

Je me sauve du bureau, des appels téléphoniques et des visites de potentiels clients. Toute la bisbille autour de Caronville n'a pas ralenti le processus de migration vers la banlieue de mélamine. Les promoteurs construisent aussi rapidement qu'ils le peuvent des maisons-minutes, l'équivalent architectural du prêt-à-porter. Les couples BCBG, elle avec les cheveux oxygénés et lui avec les couilles rasées, fuient la grande ville au même rythme affolé. Des lemmings.

J'en ai ma claque de jouer au gentil vendeur, de prononcer des phrases comme: «Je suis certain que vous serez heureux ici.»

Je me suis écœuré en répétant certains des arguments de mon beau-frère: «Nous avons maintenant une clinique sans rendez-vous et, bientôt, nous aurons une nouvelle école secondaire...»

À la première occasion, je dénoue ma cravate et je me précipite à Caronville. Brigitte m'attend pour une autre séance de théâtre érotique. Improvisation sur le thème «La professeure et le cancre»:

— Tu n'as pas fait ton devoir?

— Mon chien l'a mangé.

— Quoi?

— Je me suis fait voler mon sac.

— Quoi?

— Ma grand-mère est morte.

— Quoi?

— Je croyais que c'était pour la semaine prochaine.

Vlang! La règle de bois claque sur le pupitre devant moi. La maîtresse est très fâchée. Je n'ai pas été un bon garçon.

— Lève-toi!

J'hésite une seconde de trop, craintif, la tête enfoncée entre les épaules. La maîtresse s'emporte.

— J'ai dit lève-toi!

Vlang! De nouveau la grande règle de bois claque contre le pupitre. J'obtempère.

— Baisse ton pantalon.

— Mais…

— J'ai dit baisse ton pantalon! Les garnements dans ton genre, il faut les dompter. Tu vas avoir ce que tu mérites…

Plus tard, je partage un joint avec Rainbow. Je discute avec Damien qui peaufine son œuvre:

— L'armure est commune à plusieurs civilisations anciennes, de la Grèce antique à l'Extrême-Orient, marmonne-t-il entre ses dents tout en polissant le métal.

Il se relève, passe une main sur son crâne, plisse les yeux, ébauche un sourire:

— Aujourd'hui, l'armure est un objet d'art pour les musées. Mais, déjà à l'époque où elle servait à protéger le corps du guerrier, sa dimension esthétique n'était pas négligée. La symbolique du métal associait l'armure à une source de lumière. Celui qui s'en parait s'enveloppait de soleil.

Il rit en se grattant le menton, me couvant de ses yeux bleus trop clairs, de son regard limpide :

— Tu sais c'est quoi, un garnement ?

Je manque de m'étouffer tant sa question tombe à point. J'improvise rapidement une réponse :

— Un enfant turbulent, un galopin.

— Exactement. Le mot vient du verbe « garnir » et désignait originellement l'équipement d'un soldat. Les frasques de ton ami Henri, qui s'en est pris à la police après avoir revêtu le casque de mon armure et qui a donc agi en vrai garnement, m'ont donné une idée. Je vais garnir mon armure de décorations. Je vais dessiner des fioritures sur son armet, je vais la doter d'un haubert, je vais lui ciseler le pectoral. Quand je vais avoir fini, ce sera un véritable bijou.

Autour et au sein de Caronville s'est érigé un campement qu'on pourrait croire peuplé d'une douzaine de gypsies ou de saltimbanques, mais qui héberge en fait des jeunes dont plusieurs sont des étudiants, ou en tout cas prétendent l'être. Les garçons portent la barbe, le bermuda et parfois le t-shirt. Les filles ont les cheveux longs, le décolleté généreux, la camisole légère, la jupe ample et, souvent, les pieds nus. Des feux de camp, des complaintes à la guitare, des soupes communautaires

153

occupent leur quotidien. Toute cette jeunesse génère bien du bruit, de la rigolade et quelques disputes sur le thème «À qui le tour de laver la vaisselle?».

Par un après-midi buissonnier, ayant échappé à la corolle de mes enthousiastes acquéreurs de maisons, je suis surpris de croiser un chien à Caronville. Une grosse bête plusieurs fois bâtarde, mélange de labrador, de husky, de rottweiler et sans doute de plusieurs autres races. Le quadrupède en question a le poil tacheté, gris, noir, roux, avec un toupet touffu qui lui tombe sur les yeux et lui donne une allure bon enfant. Qui, parmi les nombreux jeunes qui entrent et sortent du campement, qui y dorment quelques nuits pour disparaître et revenir trois jours plus tard avec deux nouveaux amis, a choisi d'amener son animal domestique et de le laisser sur place? Mystère.

Personne ne semble savoir à qui appartient le chien en question. L'animal erre, branle la queue, échappe occasionnellement de brefs jappements de contentement, bave sur la main qui se risque à flatter l'épaisse toison qui lui couvre le corps. Rapidement, il devient la mascotte officielle de ce que les jeunes estiment avoir constitué, soit la cellule de résistance sociale et métaphysique connue sous le nom de Caronville. Pour faire court, disons Cirque Cité.

Dans mon cahier de dessins, le chien se couche aux pieds d'une jeune femme qui pratique l'origami ou court, la langue pendante, trop heureux d'encourager deux garçons qui se lancent un ballon de football. Réfugié à l'ombre d'une des sept maisons, il lape bruyamment l'eau que lui a servie une âme généreuse. Comme il n'a pas de collier et, selon les apparences, pas de maître, il est adopté par l'ensemble de la communauté. Impossible de savoir qui l'a baptisé, mais tout le monde l'appelle Domino. Je m'exerce à reproduire son poil frisé, son regard affectueux, son œil perpétuellement larmoyant, son museau humide, sa manière de se frotter le dos contre la pierre de l'inukshuk au pied duquel il aime bien se reposer.

Domino mange la pâtée des humains, un mélange toujours réinventé de soupe aux légumes, de riz aux fèves et de spaghetti à la sauce tomate. Il se porte bien, chie avec régularité et ne demande, pour tout entretien, qu'à ce qu'on se dévoue pour ramasser ses crottes si on ne veut pas qu'elles envahissent le campement.

Nous traversons une période de bonheur calme. Je m'éveille le matin avec une joie secrète. Je n'ai presque jamais de chagrin et encore moins d'ennuis. Les maisons se vendent d'elles-mêmes, j'ai de la difficulté à remplir tous les papiers dans le temps requis. Pourtant, je passe mes après-midis et mes soirées là où les gens en ont assez du changement et du soi-disant progrès. Je marche sur le fil du rasoir, en équilibre entre deux mondes. Ça ne saurait durer. Aussi bien en profiter…

Jupette noire, bien trop courte. Bas filet. Chemisier transparent. Corsage fantaisiste. Dentelle blanche. Coiffe assortie. Servile servante. Féerique femme de chambre. Accorte soubrette. *French maid*. À quatre pattes. Cambrée. Elle nettoie le plancher. Elle frotte. La tête plus basse que le cul. Le cul qui suit le mouvement. Son souffle. La mèche de cheveux échappée de sa toque lui barrant le visage. La moiteur de son front. Ses yeux, fardés. Ses lèvres, rouges. Sa chatte, glabre. Les lobes blancs de ses fesses. Le regard noir de son anus. Minautore de l'amour. Triomphe du corps. Je la regarde. Longtemps. Je l'écoute. Je m'avance. Mes souliers de cuir écrasent presque ses doigts aux ongles vernis. Je pointe avec ma badine :

— Il y a une tache, là.

Elle lève les yeux, puis baisse la tête :

— Je suis désolée, monsieur.

Elle se déplace rapidement, toujours à quatre pattes. Elle frotte, le nez collé au plancher, le cul tendu vers le ciel, les genoux aussi loin que possible l'un de l'autre :

— Je ne suis pas satisfait de vos services. Vous n'êtes pas assez propre.

— Non, monsieur. Je suis propre, très propre. Je ferai tout ce que monsieur voudra. Si seulement il voulait me donner une chance.

— Tout ce que je veux.

— Oui, monsieur.

— Mmmm…

Soleil, zéphyr, ciel bleu, parfum de jasmin, chant d'oiseau, l'été. Caronville baigne dans un doux bonheur, une insouciance difficile à décrire. Un jeune a apporté une piscine pour enfants – une Turtle –, il y sommeille avec la tête, les pieds et les mains qui sortent de l'eau. Une de ses comparses, une marguerite dans les cheveux, jupe rouge, camisole verte, se balance doucement à l'ombre, assise dans l'O d'un vieux pneu pendu à une branche par une corde jaune. Un guitariste égraine les notes acidulées d'un blues bon enfant, accompagné par un harmoniciste amateur. Domino dort, le dos appuyé contre la pierre de l'inukshuk.

Rainbow. Son nom multicolore me rappelle celui du poète des voyelles. Il se décapsule une bière bien méritée après une dure journée de travail: il coupe des pelouses, taille des arbustes, émonde des arbres. Il possède tout un attirail d'horticulteur qu'il trimballe dans une vieille camionnette dégluinguée. Il est actif de mars à novembre. Le reste du temps, il attend son chèque du gouvernement, fournit la ville en marihuana, ce qui est considéré par plusieurs de ses concitoyens comme un service public de première importance. Il pense parfois œuvrer dans le déneigement l'hiver. Il faudrait qu'il installe une pelle sur le devant de sa camionnette, qui n'y survivrait sûrement pas.

Ce Français, dont le nom est d'origine britannique, a travaillé comme cuistot dans des bateaux. Il a fait de la photo un peu partout en Asie, particulièrement en Inde. Il a roulé sa bosse plus que la moyenne des gens, c'est le moins qu'on puisse dire. Il s'est installé au Québec pour le français, pour l'Amérique, parce qu'il était fatigué de bourlinguer. Il est tombé amoureux d'une brunette de Longueuil. Elle a eu le temps de lui faire une fille avant de se tuer dans un accident de ski. Elle s'est cassé le cou en tentant une pirouette un peu trop périlleuse.

Zoé, la ci-devant fille de Rainbow, n'a que deux occupations, mais elle s'y adonne avec beaucoup d'enthousiasme. La première est de s'enfermer pendant des heures avec mon neveu Jacob, qui ressort de ces séances les yeux vitreux et le sourire béat. Ce qui ne détonne pas trop parce que ça fornique dans tous les coins, sous les tentes, à l'ombre des arbres, dans les hautes herbes... Orgasmeville... Cirque Cité... Sexe et Utopie... Fais ce que voudras... Ivresse des caresses consentantes... Le ratio de jouissance per capita bat des records... Même Charlie Brown baiserait comme un démon s'il venait ici. Les filles ne se donnent plus la peine de porter des slips... Dolce vita... Farniente... Insouciance. Bonheur.

La seconde activité de Zoé est d'organiser la défense de Caronville. Il va, semble-t-il, y avoir une parade...

La cravate défaite, les manches de chemise roulées jusqu'aux coudes, je sirote un mojito glacé. Brigitte relit le même sempiternel roman de Bukowski, étendue dans un hamac. Damien travaille à son armure. Il la cisèle. Il l'orne. Il la perfectionne. Il s'attire de plus en plus de visites des jeunes du campement, le célèbre sculpteur. Surtout des filles. Elles ont toutes sortes de questions à lui poser :

— Ce doit être magnifique, les pyramides.

— Il m'a fallu du temps pour m'y attacher. Au début, je détestais Le Caire.

— Vraiment? Pourquoi?

— Pollution, surpopulation, chaleur torride. C'était une déception, les premiers jours. Le chemin qui mène aux monuments les plus célèbres du monde pue le gaz d'échappement. Les hôtels, les restaurants, les boutiques de souvenirs, les groupes de touristes, les vendeurs de pacotille… Tout cela était assez décourageant.

— Quand même, les pyramides !

— Ma première entrée dans une chambre sépulcrale a créé chez moi quelque chose qui ressemble à un sentiment de révérence. Trois mille ans de civilisation pharaonique ne s'apprécient pas en un tour de chameau. En tout cas, pas pour moi.

— Mais ce doit être tellement beau…

— Oui, mais pas comme on nous le montre au cinéma. Même s'il est fort sympathique, Indiana Jones n'a, au fond, rien à voir avec le vrai rythme de l'Égypte antique. Les étranges dieux à têtes d'animaux, les macabres rituels funéraires, les tombes éclairées à la chandelle, l'éclat de l'or omniprésent… Tout cela est très mal rendu par le cinéma.

— Pourquoi ?

— Question de tempo. Il faut comprendre le contraste entre le désert et les rives du Nil. Les hippopotames, les crocodiles, les lions, les chacals… C'est toute une animalerie, l'Égypte antique.

— Et les momies ? Vous en avez vu, des momies ?

— Plusieurs. Dis-moi « tu », s'il te plaît.

— C'est impressionnant ?

— Si on veut. Les momies nous ramènent à la réalité de la chair. Les embaumeurs traitaient les morts comme on traite les aliments. Éviscération, dessiccation dans du sel, pénibles procédés chimiques… Tout ça pour conserver la viande humaine.

— C'était compliqué… je veux dire, momifier une personne ?

— Le cerveau était extrait par les narines grâce à un crochet de fer. Les viscères étaient retirés, l'abdomen nettoyé et purifié avec du vin de palme et des aromates broyés. On remplissait le ventre de myrrhe pure, de cannelle. On enveloppait le corps de bandes de lin fin enduites de gomme. C'était beaucoup de travail.

— Mais pourquoi? Pourquoi se donner tout ce mal? À quoi ça servait?

— Les Égyptiens de l'Antiquité étaient comme nous. Ils devaient répondre aux grandes questions qui ont toujours taraudé l'humanité. D'où venons-nous? Où allons-nous? Que devons-nous faire? Qu'est-ce qui arrive après la mort? Pour eux, tout le reste semblait insignifiant en comparaison. Je crois que c'est ce qui les motivait. Ils passaient l'instant de leur vie à préparer l'éternité de leur mort.

— Vous… pardon… Tu y retournerais?

— Aujourd'hui? Pas pour travailler en tout cas. Je suis trop vieux pour endurer la chaleur. Et puis, avec le renversement de gouvernement, il doit être difficile de trouver du financement pour entreprendre des travaux de restauration dignes de ce nom. L'Égypte, au-delà de l'Antiquité, est aussi un pays moderne qui cherche à se définir.

Damien se gratte le crâne, la fille s'en retourne au campement, l'air rêveur, les mains croisées dans le dos, le menton en l'air…

Une table de ping-pong s'est matérialisée, là, sur la pelouse. Henri jubile. Il se passionne tellement pour les tribulations de la petite balle blanche qu'il en oublie d'aller se perdre à la Taverne Généalogique. Après le travail, il passe chercher Henriette à l'animalerie et ils rentrent tous les deux à la maison. Brigitte a acheté un chaton qu'Henriette a immédiatement baptisé Brad Pitt. Elle le tient serré dans ses bras et lui murmure des douceurs à l'oreille tandis qu'Henri joue au ping-pong ou se cherche un adversaire. Peut-être qu'elle lui parle de la robe de Kate Middelton, des frasques judiciaires de Beyoncé ou du mariage du Prince William.

— Tu n'es même pas bon!
— Quoi?
— Tu as peur de moi!
— Oh!
— Tu n'es pas capable!

Trépignant, battant des bras, souriant et postillonnant, Henri me défie. Il dirait n'importe quoi pour m'inciter à le rejoindre dans une danse autour du rectangle vert de la table de ping-pong. Les raquettes sont en bois, coussinées de rouge. La balle, blanche, concentre, le temps d'une partie, tous les aléas de l'univers dans chacun de ses bonds. Motivé au max, Henri est un adversaire de taille. Ses services s'avèrent redoutables et ses smashs, à craindre. Ce qui lui manque en agilité, il le compense amplement en enthousiasme et en détermination. Moins motivé que lui, il m'arrive souvent de me faire battre. Je ne fais pas exprès, mais je le devrais : ça lui fait tellement plaisir.

Les tribulations de Caronville ne sont pas sans effet sur Henri. Les campeurs, militants convaincus ou squatteurs à la douce, le traitent avec respect et politesse. Avec pour résultat qu'Henri se sent plus confiant.

161

Le soir, il traîne autour de la maison, délaissant la télévision payante et ses 250 chaînes de divertissement total. Il parle avec les jeunes, il flatte Domino, il joue au ping-pong. Il a pris du soleil et des couleurs. Il a l'air plus en santé. Une des conséquences de ce nouveau régime de vie est qu'il se met à me faire des confidences, là, à la table de ping-pong, entre un service canon et un renvoi de balle météorite. Il lâche tout d'un coup :

— Quand j'étais petit, j'étais trisomique. J'aime pas trop. Il y a eu des coups de poing.

Il me dit ça en pinçant les lèvres et en haussant les épaules. J'en ai le souffle coupé. C'est la première fois qu'il me parle de son état. Je me contente de sourire et de lui renvoyer la balle, pendant qu'il ajoute :

— Mon père aurait préféré un garçon normal. Ma mère l'engueulait, le soir. Elle n'a pas pu avoir d'avortement pour des raisons de religion. Après ma naissance, elle trouvait que j'étais beaucoup d'entretien. Surtout à l'école primaire, quand je me chicanais avec les autres, les normaux. Mes parents se sont séparés à cause de moi. Tout le monde a pleuré.

Il semble si vulnérable, tout d'un coup, si honnête et transparent. J'essaie de lui remonter le moral :

— Tu n'es pas coupable du divorce de tes parents. Ce sont des adultes responsables de leur décision.

— On dit ça... Ils étaient heureux en amour avant que j'arrive. J'ai souffert. C'est dur. Ça a duré longtemps. J'y pense le soir, souvent, en m'endormant. Pourquoi moi ? Pourquoi moi, j'ai souffert ?

— Tu es bien maintenant, non ? Tu es heureux avec Henriette et Brigitte ?

— Oui, ça va bien maintenant. Je travaille à l'épicerie. Je passe le balai. Je range les aliments. J'aide les gens à transporter leurs achats. Je peux faire beaucoup de choses. Parfois, je vais boire de la bière à la taverne.

— Tout va bien !

— Non. J'essaie d'éviter Jocelyn Caron, le policier de malheur, comme l'appelle Brigitte. Je voudrais faire le ménage dans ma tête pour trouver ce qui est important. Ce n'est pas facile, parce qu'il y a des trous de mémoire pour réfléchir.

— Tu ne devrais pas aller à la taverne.

— J'aime ça, boire de la bière, comme tout le monde. J'ai le droit si je veux. Toi, tu fumes du pot !

— On ne peut rien te cacher.

— J'écoute. Je regarde.

— Pourquoi tu aimes la bière ?

— Je m'imagine que je suis un artiste. Je gagne à *Star Académie*. Je deviens maire de Saint-Rancy, et tout le monde est heureux pour toujours.

Encore là, je suis pris de court. Henri est-il informé des menaces d'expropriation ? Comprend-il ce que cela signifie ? Brigitte a pour politique de ne rien leur cacher, mais…

— Quand il y a beaucoup de départs, quand les gens s'en vont pour toujours, ça fait du mal.

Je me veux rassurant.

— Personne s'en va, Henri. On va tous rester ici.

Avec pour résultat que je manque la balle et qu'il marque un point. Henri rit.

— J'aime ça, jouer au ping-pong avec toi, Rio. Tu es vraiment nul !

163

15

Les gens arrivent par grappes, surpris de se retrouver aussi nombreux. C'est sans doute le conseil de ville le plus animé dans toute l'histoire de Saint-Rancy. Michel doit être content : la quantité de citoyens présents justifie amplement sa décision de faire agrandir et embellir la salle de réunion dans le nouvel hôtel de ville qu'il a fait construire.

Tout Caronville est venu. Marie, clouée à son fauteuil roulant par l'arthrite rhumatoïde, est accompagnée de son conjoint Roland. Soutenu par une double dose de valium, Jean est là pour défendre ses 1 500 plants de fraises, son droit de ne pas occuper d'emploi, sa rêveuse agoraphobie. Malgré les médicaments, il tape du pied sans arrêt et n'arrive pas à regarder les gens dans les yeux. Martine explique à qui veut l'entendre que sa maison à Caronville est mieux qu'une cabane au Canada, c'est un rêve devenu réalité :

— Je suis à la recherche d'un mode de vie plus équilibré.

Ce à quoi Roland réplique :

— Je te comprends. Quand j'étais monteur de lignes, je croyais qu'il fallait un minimum de 70 000 $ par année pour vivre. Aujourd'hui, Marie et moi, on est heureux avec 15 000 $.

Zoé est présente, prête à en découdre avec le conseil. Elle s'exclame fièrement :

— J'ai passé toute mon enfance à Caronville. Je suis une Caronvilloise de souche.

Son père, ce bon vieux Alexandre Rainbow, la couve d'un regard plein de fierté et d'affection. Brigitte, flanquée d'Henri et d'Henriette, pince les lèvres et attend le début de la séance.

Même Yvon Caron et son épouse Dorothée, 86 et 81 ans, se sont déplacés pour l'occasion. Ancien barbier, ancien chauffeur de taxi, ancien bûcheron et cueilleur de fruits, Caron essaie de ne pas avoir l'air impressionné. La ville lui offre 320 000 $, soit la moitié de la valeur de son terrain selon l'évaluation des taxes municipales. À ce prix, il refuse de vendre et de perdre une partie importante de ses revenus, soit les loyers des sept maisons, qui varient de 150 à 275 $ par mois.

La salle bourdonne, les cancans vont bon train. Coups de coude, claques dans le dos, sourires de connivence, chacun apostrophe son voisin, exprime ses craintes et ses inquiétudes, réprime sa nervosité. Une atmosphère de duel à l'aube, d'affrontement final se mêle à la surprise de se retrouver là, à l'hôtel de ville, pour exercer au maximum ses droits et ses devoirs de citoyen. Ça existe donc vraiment, la démocratie ? Ça peut fonctionner ? On a le droit de participer ? L'espoir gonfle les poitrines et allume les regards.

La vibration contagieuse qui anime chacun des participants perd de sa fébrilité à l'arrivée du maire et des six conseillers municipaux. Ils s'assoient en demi-cercle, sur l'estrade, chacun à son siège réservé, derrière son micro et sa petite plaque d'identification portant son nom en lettres d'or. La population croissante de Saint-Rancy exige un redécoupage des districts et un nombre de conseillers plus élevé, mais cette tâche devra attendre les prochaines élections. Pour l'instant, nous faisons face à Faneuf et à sa bande des six.

Michel a endossé un costume sombre et une cravate claire pour la soirée. La moustache et les cheveux impeccablement coupés, il est aussi honorable que possible. Le menton haut et le buste raide, il toise la salle avec un air de défi. Il ne se laissera pas démonter, il est prêt pour le combat. Ses conseillers – un dentiste, le directeur de l'école secondaire, l'ancienne députée du Bloc québécois, le gérant de l'aréna municipal et les deux autres – affichent un peu moins d'arrogance. Ils n'ont pas l'habitude de siéger devant une salle aussi bondée, animée et même hostile. Ils ne font rien pour cacher l'émoi suscité par cette nouvelle expérience.

La minute de silence, qui a remplacé la prière estimée trop rétrograde, même si la devise de la ville demeure « Dieu nous garde », ouvre la réunion. L'un des membres du conseil récite l'ordre du jour, qui inclut la nomination d'un nouveau coordonnateur eau et environnement au Service environnement et travaux publics ainsi que l'adoption d'un protocole d'entente avec le club Nitro pour l'entretien du Centre communautaire, mais commence par ce qui est officiellement appelé « l'affaire Caronville ».

167

Le maire prend la parole :

— Nous le savons, la séance de ce soir est importante pour bien des gens. Nous souhaitons que tout se déroule dans le calme et la dignité.

Il rentre le menton, fronce les sourcils, pose sa voix :

— Des événements troublants se sont produits dans les derniers jours.

Il tend la main droite, paume tournée vers le ciel, et cède la parole à André Provost, le dentiste :

— Quelqu'un a laissé ce message sur mon répondeur…

Petit homme chauve portant de grosses lunettes rondes, Provost a des trémolos dans la voix tellement il semble ému. Il appuie sur le bouton d'une petite machine enregistreuse et toute la salle entend :

— Provost, t'es rien qu'un osti de crosseur ! On va avoir ta peau !

Murmures et consternation. André Provost a rédigé le rapport municipal, probablement pas assez confidentiel à son goût, qui qualifie Caronville de « bidonville ». Le mot est écrit en toutes lettres à la page 17 du fameux rapport, juste avant la conclusion qui propose de raser ledit bidonville. Évidemment, il n'est pas très populaire auprès des contestataires, mais de là à proférer des menaces… La salle s'agite, chacun y allant de son commentaire. Mon beau-frère tente de ramener l'ordre avec un maillet, avec lequel il frappe un rond de bois à plusieurs reprises. Il gonfle la voix pour couvrir la rumeur :

— À la lumière des récents événements, pour mettre fin à la tragédie qui mine notre belle municipalité, je propose l'expropriation des résidants vivant sur le terrain connu comme «Caronville», qui appartient à Yvon Caron.

— Je seconde cette proposition, lâche le dentiste, qui n'en revient pas d'être assez intéressant pour se mériter des menaces.

— Tous ceux qui sont en faveur…

Les six conseillers et leur supermaire lèvent le bras avec un tel synchronisme qu'on croirait une chorégraphie.

— Unanimité. La proposition est adoptée.

La salle en a le souffle coupé. Et le registre? Est-ce qu'il ne devait pas y avoir un registre? Et la pétition de 1 200 noms récoltés un à un par Rainbow? Et le droit de contestation? Contenant la joie de son triomphe avec difficulté, Michel Faneuf continue sur sa lancée:

— Je propose la formation d'un comité d'aide aux expropriés de Caronville, pour obtenir la construction de logements sociaux adaptés aux besoins des moins fortunés.

— Je seconde la proposition.

Encore une fois, le vote se fait à l'unanimité. Excédée, Zoé Rainbow se lève d'un bond et brandit le poing en direction du maire et de ses conseillers:

— D'abord, vous nous mettez à la rue, ensuite vous prétendez vouloir nous aider! Hypocrites! Phallocrates! Vous n'avez pas le droit de faire ça!

— Nous venons tout juste de le faire, jeune femme.

Un peu plus et j'ai l'impression que Faneuf va avoir un orgasme, là, devant nous.

— Ce ne sont pas des maisons, c'est un mode de vie que vous allez détruire, gueule Marie, dans son fauteuil roulant.

Là, le maire sent le besoin de répliquer avec un peu plus de douceur. Il se penche vers le micro, la tête de guingois, les sourcils levés, le visage ouvert :

— Écoutez, je suis sincèrement désolé pour chacun de vous. La ville va vous aider à vous relocaliser. N'empêche, la vertu, c'est le bien-être du plus grand nombre. L'avenir de Saint-Rancy exige que Caronville s'écarte du chemin.

Un jeune, un de ceux qui campent dans la cour de Rainbow depuis le début, se lève dans la salle :

— Je suis un représentant du FRAPRU. Nous ne comprenons pas pourquoi vous détruisez des logements à prix modique, la province souffre justement d'une crise du logement ! Nous allons aider les citoyens de Caronville à lutter jusqu'au bout.

Il se mérite un regard chargé de dédain de la part du maire qui réplique :

— Vous n'êtes même pas citoyen de cette ville. Retournez à Montréal. Le combat est fini. Mêlez-vous donc de vos affaires.

Le jeune s'emporte, lève l'index :

— La désobéissance civile, ça existe !

Déjà, dans la confusion, d'autres voix se font entendre :

— Vous parlez de vertu, mais tout ce que vous voulez, c'est un terrain de golf !

— Ou un centre commercial !

— Le maire se soucie plus de son coup de putter que de ses concitoyens !

— Le maire veut vendre des *winnebagos* sur le *green*!

— Ouais!

Michel me cherche du regard, me trouve, me poignarde des prunelles. Il n'y a que moi qui ai pu leur donner cette information, au sujet du centre commercial… Il ne lui faut pas plus d'une seconde pour trouver une réplique assassine:

— Moi, ma position est claire depuis le début. Même si vous n'êtes pas d'accord, vous ne pouvez pas me reprocher d'être malhonnête.

Il marque une pause, prend une gorgée d'eau, lance un regard de côté, se penche encore vers l'avant, les coudes sur la table, la tête entre les épaules, comme s'il allait nous faire une confidence:

— Si j'étais vous, je me méfierais de ceux qui jouent des deux côtés de la barrière. De ceux qui se disent vos amis, mais qui tirent profit de la situation… Je parle d'un profit personnel, en argent sonnant et trébuchant… On ne peut pas à la fois être un cow-boy et un Indien. Il faut choisir.

Murmures dans la salle. Plusieurs se retournent vers moi. Ce doit être une première, je me sens rougir. De honte ou d'indignation? Je jette un coup d'œil à Brigitte pour chercher du réconfort, du soutien, mais elle baisse la tête et feint de m'ignorer.

16

La décision du conseil de ville provoque un raz-de-marée de mécontentement. Le nombre de militants, de saltimbanques, d'artistes, d'anarchistes, de douteux casseurs ou de simples curieux triple d'un coup à Caronville. Un rassemblement spontané de marginaux tente, tant bien que mal, de reconquérir l'espace public condamné à devenir un espace commercial. Un mariage entre poésie surréaliste et politique radicale.

Les partisans de la liberté à tout prix qui viennent ici savent ce qu'ils font. J'ai entendu une femme, brandissant un livre de Naomi Klein, s'exclamer: «Je suis la symbiose parfaite entre une Amazone et Rosa Parks!» Rien de moins...

Les nouveaux arrivés rendent hommage à Damien, installé pour de bon dans la maison de Rainbow. Ils ont des ambitions complètement délirantes. L'un d'eux propose et essaie de creuser un tunnel pour relier entre elles les maisons de Caronville. Un autre installe des écrans et des caméras dans les arbres, transformant la réalité en spectacle instantané. On peut contempler l'image d'une caméra filmant un écran qui diffuse l'image d'une caméra filmant un écran qui...

Le pouls des tam-tams retentit toutes les nuits, jusqu'à l'aube. Des hurluberlus à peine vêtus jouent au Twister, bretzels humains. D'autres se prélassent dans des piscines gonflables en sirotant des boissons multicolores serties de petits parasols en papier. Le tourbillon des activités et le constant brouhaha échappent à la catégorisation. Est-ce qu'il s'agit d'un rassemblement politique, d'un festival, d'une action militante ou juste d'un superparty? Difficile à dire. Le dangereux désir de défonce et d'émeute se mêle à celui de réforme de la société, avec beaucoup de grabuge et de frivolité en perspective.

Les ballons colorés et les banderoles qui annoncent la fête permanente ou l'effondrement de la civilisation industrielle donnent le ton. Les exilés dans la marge de l'économie se rassemblent pour créer une forteresse vivante, un microcosme temporaire de culture écologique vraiment libérée. Des adeptes du situationnisme parlent d'une coïncidence à grande échelle, d'un espace démarchandisé. Ce sont les expressions utilisées par les nouveaux résidants, de plus en plus nombreux, de Caronville.

Un esprit cynique, un observateur doué un tant soit peu pour la satire, pourrait remarquer qu'il existe une certaine distance entre leurs discours et leurs actions. La majorité de ces beaux parleurs est composée de jeunes âgés d'environ 25 ans qui passent leur temps à boire, à fumer, à jouer au frisbee et à se faire bronzer. Quoiqu'ils puissent avoir raison, dans une société hyperproductiviste, le farniente représente peut-être la seule forme de révolution acceptable.

Rainbow jubile. Il vend plus de pot que jamais, mais ce n'est pas tant l'aspect financier de l'opération qui l'enchante : il a l'impression d'avoir retrouvé sa jeunesse et ses sacro-saintes années soixante. Je l'ai surpris, l'autre jour, le regard dans le vague, se murmurant à lui-même : «Woodstock, mai 68, l'abbaye de Thélème... Je n'osais plus croire à un pareil bonheur. Caronville est le paradis. »

Mon ami Christian, le journaliste spécialisé en camping-caravaning, passe faire un tour, affublé de sa chemise hawaïenne, de son fume-cigarette, de sa panoplie à la Hunter Thompson. Les jeunes ne connaissent pas du tout le fondateur du journalisme gonzo. Ils n'interprètent pas la tenue vestimentaire arborée par Christian comme un hommage à un être iconique. Ils le croient créateur de son look, sans comprendre qu'il est un palimpseste vivant. Si quelques rares militants ont vu le film de Terry Gillian, il ne s'en trouve pas plus d'un ou deux, je crois, à avoir ouvert ne serait-ce qu'un des ouvrages de l'excentrique journaliste américain.

Mais cette absence de référence commune n'a aucune importance puisque Christian est automatiquement accepté pour ce qu'il est, un authentique bizarroïde. Il parle à qui veut l'entendre de sa marotte, le tourisme spatial, développant sur ce thème, imaginant de clandestines et utopiques sociétés installées sur Mars, là où l'homme tel que conçu par Rousseau pourrait enfin être naturellement bon. La thématique du voyage sidéral plaît tellement qu'elle en affecte la musique ambiante. Il n'est pas rare d'entendre une version électronique remixée de *Space Oddity* ou de *Rocket Man* sortir des haut-parleurs installés un peu partout. Christian a amené sa fille y passer une journée. Tout le monde a voulu la gâter et la dorloter. Quelqu'un lui a peint un papillon sur le visage. La petite en ronronnait de contente-ment, elle était ravie.

Brigitte, que j'ai toujours connue isolée et isola-tionniste, s'épanouit dans le désordre ambiant. Les féministes, car il y en a dans le lot des nouveaux arrivants, la perçoivent comme une survivante de l'industrie machiste et hypercapitaliste de la pornographie, ce qui est un peu ironique puisque Brigitte a toujours revendiqué le droit de faire ce qu'elle veut avec son corps… Selon les nouvelles venues, ma Brigitte, la fille-femme éternelle rebelle, a été conditionnée à désirer la marchandisation de sa propre personne, ce qui serait une forme ultime d'aliénation. Bref, elle est une victime du système !

La réinvention de Brigitte par le tumulte idéolo-gique ambiant est assez complexe. Une autre interpré-tation, plus proche de la réalité selon moi, présente Brigitte comme une révoltée de la société patriarcale, devenant de son plein gré un objet de stupre en imposant, malgré tous les interdits, son image de bête de sexe. Enfin, Brigitte, que je n'aurais voulu parta-ger pour rien au monde, la source de mon bonheur clandestin, est maintenant une figure publique. Elle est la Jeanne d'Arc de Caronville. Le plus inquiétant, c'est qu'elle commence à y croire.

Une photo la montre vêtue de bottes de vinyle rouge, d'un string de la même couleur, ses mains cachant ses seins, ses lèvres ourlées en une moue provocante, son regard droit et déterminé fixant l'objectif, Bardot de la porno. Ce cliché a été retrouvé sur Internet et imprimé en grand format. Je ne connaissais pas ladite photo, sur laquelle Brigitte ne doit pas avoir plus de 20 ans ; elle remue chacune des fibres de mon corps et elle est maintenant affichée sur un arbre, autre symbole de la douce folie qui anime Caronville.

Henri et Henriette son traités comme des dignitaires de la plus haute importance à qui on fait la fête chaque soir lorsqu'ils rentrent du travail. Ils n'en reviennent pas, ces deux-là, de leur soudaine popularité. Henri m'a même pris à part pour me demander si tous ces gens étaient là pour se moquer de lui. J'ai eu beaucoup de difficulté à le convaincre du contraire. Ravi, il ne manque pas de partenaires pour jouer au ping-pong.

Le seul qui ne s'intègre pas si facilement à l'ordre nouveau, le seul qui ne s'enflamme pas au brasier de cette combustion sociale spontanée, le seul qui n'ait pas le droit de danser le tango de l'amour total autour de l'inukshuk géant, c'est moi. Michel Faneuf, redoutable politicien, salaud de premier ordre, a semé le germe du doute dans l'esprit de tout un chacun en remettant en question mon intégrité, le soir de la fameuse réunion du conseil municipal. On ne peut pas être à la fois un cow-boy et un Indien, a-t-il dit, il faut choisir son camp. Pour usée qu'elle soit, cette métaphore a, semble-t-il, touché un point sensible.

Quand je traverse Caronville, marchant de chez Brigitte à chez Rainbow, quand je stationne mon automobile, quand, le soir, je me cherche une place autour du feu de camp, on m'ignore. On s'applique, avec beaucoup d'énergie et de détermination, à ne pas me remarquer. Ou, pire, si on daigne s'adresser à ma personne, on me désigne uniquement par mon emploi : « Hé ! L'agent d'immeubles... »

Plus personne ne me sourit, ne me pose de questions au sujet de mon ancien métier d'humoriste... Non, c'est comme si tout cela n'avait pas existé. Finie la belle complicité qui nous unissait il y a à peine une semaine. Personne, parmi les jeunes énervés arrivés la veille, ne veut se souvenir que je fréquente Caronville depuis bien plus longtemps qu'eux. C'est mon bonheur qui est menacé d'expropriation. Il n'y a qu'Henri pour prendre ma défense. Un soir, autour de la table de ping-pong, il s'est exclamé : « Mon ami s'appelle Rio ! »

Même Brigitte est affectée par ce changement dans l'opinion générale. Deux fois cette semaine, je me suis présenté à sa porte, en plein après-midi, pour un de nos sulfureux corps à corps. Elle n'était pas là ! Elle participait à la cuisine communautaire ou elle préparait des tracs pour encourager la libération des opprimés de la planète. J'avoue ne pas comprendre le lien entre le sort des enfants haïtiens, des travailleurs chinois et des exilés iraniens, encore moins comment leur destin se mêle à celui de Caronville. C'était clair, je l'ai senti, j'avais intérêt à ne pas insister :

— Brigitte, ton agent d'immeubles te cherche.

— Pas maintenant, chéri, je suis occupée.

Je suis rentré penaud, sans dire un mot.

17

C'est triste à dire, mais, depuis deux semaines, depuis la fameuse réunion du conseil municipal où l'expropriation de Caronville a été officiellement et unanimement votée, j'évite de m'y rendre. Voilà. C'est comme ça. Je n'y échappe pas. À mon triste sort. Je suis devenu persona non grata exactement au moment où Caronville explose en mille gerbes de couleurs.

Je vais malgré tout y faire un petit tour. Rôder, zieuter, voir de quoi il retourne. Je ne suis pas le bienvenu. On lève le nez, on tourne la tête, on m'ignore. Jusqu'à ma belle Brigitte qui, subitement, n'a plus le temps, n'a plus l'envie, n'a plus l'énergie pour nos si conviviaux tête-à-tête. Elle soupire, elle hausse les épaules, elle s'essuie le front avec le dos de la main avant de lâcher ma condamnation : « Je n'ai pas le cœur à ça, Rio. »

Je peux la comprendre. Elle risque de perdre sa maison, elle craint aussi de perdre sa raison de vivre. Ses deux protégés, Henri et Henriette, où va-t-elle les loger si elle est finalement expulsée ? Les maisons, moi, ça me connaît. Justement, j'en vends pour vivre ; c'est ma fonction, mon emploi. Mais je n'ose pas lui parler, pas encore, de la possibilité de la relocaliser. Ce serait admettre la défaite. Elle n'est pas mûre.

Des gens déménagent tous les jours. Ce n'est pas la fin du monde. Pourtant, justement, un parfum d'apocalypse flotte dans l'air, stupre et soufre, à Caronville. Les militants en profitent parce que c'est probablement la fin d'un monde. Le grand *finish* qui ouvre la porte à tous les excès. Ils se donnent à fond, ces garçons et ces filles venus d'on ne sait où, sous prétexte d'altruisme, soi-disant pour aider les démunis. Ils fument, ils boivent, ils jouent de la musique, ils s'enivrent de propos byzantins, de grands discours, de nobles idéaux. Ils tripent sur mère Nature tout en jouant à des jeux vidéo sur leurs ordinateurs de poche.

Moi, ils ne m'aiment pas. J'appartiens, selon eux, au clan ennemi. Je participe au système. Je ne suis pas digne de confiance. Trop vieux, trop moche, trop traditionnel à leur goût. C'est l'amour universel, sauf pour moi.

Je vais voir Rainbow pour lui acheter du pot. Je dois bien faire le plein de marihuana. Il ne me reste que ça, fumer des joints dans mon condo, solitaire, le soir venu. Lui, Rainbow, il est encore gentil avec moi. Il ne m'accuse pas d'être responsable de tous ses malheurs. Il est bien le seul, avec Henri et Damien, à ne pas me lancer la proverbiale pierre. Pourtant, lui aussi, il va être exproprié. Et sa fille, Zoé…

Jacob, mon neveu, m'annonce de joyeuses nouvelles. Sa copine me croit espion, agent double, faux frère, traître. Selon elle, je suis là seulement pour cueillir des renseignements et les livrer aux autorités. Je serais de connivence avec le maire, mon beau-frère, avec tous les capitalistes de la planète. La souffrance des petits enfants africains, c'est moi. La couche d'ozone, les baleines et tout le reste, de ma faute. Je suis un lépreux de la moralité. Le pestiféré de la société. Le bouc émissaire universel. Tout pour ma gueule. Elle me déteste, cette petite. Et elle a beaucoup d'influence!

Jacob, que je croise chez Rainbow, me raconte tout en détail. Il ne m'épargne aucune rumeur, aucun ragot. Comment je ne suis bon qu'à être zigouillé. Quand les esprits s'échauffent, il faut un sacrifié, un monstre moral pour unir les indignés dans un même haut-le-cœur de vertu commune... Jusqu'aux plaines d'Abraham: j'aurais vendu Montcalm à Wolfe! Et le petit Chaperon Rouge? Je lui ai fait sa fête! Je suis le grand méchant loup. On va m'ouvrir le ventre et me vider de mes tripes. Ça craint!

Elles montent Brigitte contre moi, me jure Jacob. Elles l'endoctrinent, elles lui font un lavage de cerveau. Elle serait certaine d'être expropriée si elle me fréquente. Je suis, selon ces harpies, indéfendable, complètement coupable, vicieux, je pue des pieds. J'ai tous les défauts, prétendent les mégères. Brigitte, pourtant moult fois vaccinée contre toutes les formes de pudibonderie, inquiète pour son avenir, ne sait plus quoi penser. Elle m'évite, elle met notre relation au neutre, mais elle ne me rejette pas... La récréation s'achève, elle craint pour la suite...

Alors, tout le monde est le bienvenu dans cette zone tellurique de la tolérance – Caronville devenu Cirque Cité –, tout le monde, sauf moi. Je suis l'exclu des exclus, le paria des parias, le rejeté des rejetés. Je suis dans la marge de la marge. Je suis une ethnie à moi tout seul, et ce n'est pas la bonne. Quand, à la réception de la vie, on demande le perdant des perdants, je lève la main, je me reconnais.

C'est bien simple, même ma sœur, la femme du maire, l'épouse de l'homme qui veut rayer Caronville de la carte, est mieux accueillie que moi. Car Monique passe maintenant ses journées à Caronville. Sa présence s'inscrit comme une autre escarmouche dans son interminable lutte contre son mari, au sujet de l'industrie clandestine des maillots fabriqués à la main. Le maillot de la discorde brûle perpétuellement entre ces deux-là.

Michel, mon machiavélique beau-frère, craint pour son éventuel avenir en politique provinciale. Maintenant qu'il a presque éradiqué Caronville, il se fatigue d'être maire, il se rêve ministre. Le parti au pouvoir lui chante la pomme, il est leur homme, il se gonfle le torse, ça lui donne des airs de paon. Alors que Monique était partie boire un café avec des amies, Michel a fait vider le sous-sol. Tout y est passé. Les machines à coudre, le fil, les aiguilles, les bonnets pour les soutiens-gorge, les élastiques pour les culottes, mais aussi le paravent, la fontaine feng shui, tout. Il ne restait plus rien que des pièces vides au retour de Monique.

Ma sœur a pleuré, hurlé, tempêté. Rien à faire. Selon les dires de son mari, tout son matériel croupissait déjà au dépotoir. Monique a brandi le spectre du divorce, elle a menacé de le quitter. Mais elle ne partira jamais, ils le savent tous les deux. En désespoir de cause, elle vient passer ses journées chez l'ennemi. La voici devenue une habituée de Caronville pour le plus grand désarroi de mon beau-frère et de mon neveu qui, chacun pour des raisons qui lui sont propres, aimeraient mieux la savoir ailleurs. Ma propre sœur, beaucoup plus populaire que moi, accueillie à bras ouverts par les dissidents... Il n'y a pas de justice.

Les talents de Monique sont immédiatement mis à contribution. Pour les costumes. Pour la parade. Caronville déborde, il n'y a pas assez de place pour contenir toute l'effervescence. Un défilé a été préparé, ce sera samedi. Les passagers de la nef des fous vont mettre le pied à terre pour qu'on voie de quoi ils ont l'air. Ils vont marcher tout le long de la rue principale de Saint-Rancy, à travers la zone commerciale, pour protester.

Un appel à tous circule sur Internet, Facebook, Twitter et les autres, convoquant les énervés des quatre coins de la province. Ça promet. Le noyau dur des mécontents formé des jeunes qui campent à Caronville depuis le début, souhaite se distinguer, rendre apparent au premier coup d'œil le degré ultime de sa conviction. Les plus farouches ont décidé de se costumer, de porter des tenues vraiment bigarrées, colorées, un concentré d'Halloween, de Mardi gras, de carnaval.

Pour faire bonne mesure, je la connais, je sais qu'entre la sainteté et la débauche elle oscille sans arrêt, pour montrer sa détermination, pour qu'on sache qu'elle n'est pas bonne qu'à jouir mais aussi à sauver la planète, Brigitte fait le don de sa garde-robe. Toutes nos tenues érotiques y passent. La femme-chat, la couventine, la cow-girl, la policière, Supergirl, la garagiste, l'infirmière, la soubrette, la dominatrice, la soldate, la danseuse du ventre, la meneuse de claque, la professeure à lunettes, la femme d'affaires, l'hôtesse de l'air, la religieuse lubrique, la prisonnière, la squaw… Première victime de l'expropriation : le théâtre de ma libido.

Ça va de soi, tous les costumes ne font pas à tous. Il faut raccourcir une manche, allonger la jambe d'un pantalon… Les jeunes femmes surtout, dont la taille devient déjà un ventre, ne rivalisent pas en minceur diaphane avec ma Brigitte. Il y a beaucoup de travail à faire si chaque tenue doit être prête pour la parade. Ma sœur Monique trime dur. Elle ajuste, raccommode, rapièce, ravaude, reprise. Des aiguilles coincées entre les lèvres, un ruban à mesurer autour du cou, une bobine de fil à la main, elle ourle, faufile, surfile. Elle broche, elle agrafe, elle taille. Heureusement, elle a l'habitude des années passées à produire des maillots en série pour la belle saison, sinon elle n'y arriverait jamais.

En moins de trois jours, elle accouche d'une bonne trentaine de costumes à partir du lot original offert par Brigitte, plus les requêtes des jeunes et quelques idées délirantes qui lui passent par la tête. Extraterrestres, mutants, gorilles, vampires, zombies déambulent à Caronville comme s'ils y avaient toujours vécu. Monique arrive tôt et part tard. Elle n'arrête pas.

Se souvient-elle qu'il s'agit de mon préféré? Brigitte se garde le costume de femme-chat, tout en vinyle noir, tellement serré qu'elle doit enduire son corps de talc afin de l'enfiler.

Dans la grandeur de son cœur, ma sœur trouve même le temps de penser à son frère. Faisant fi de ma croissante impopularité, Monique me confectionne un costume. Elle choisit de m'habiller en faune. Et Pan dans les dents! Pan! Pan! Avec un vieux manteau et un bout de tapis, elle me bricole un pantalon qui me fait les jambes velues, exactement comme celles d'un satyre. Un bout de cerceau et deux morceaux de plastique, j'ai des cornes! Pour le reste, ce n'est pas compliqué, je suis torse nu, des sandales de cuir aux pieds.

Je suis Chèvre-Pied, Sylvain, génie champêtre. «Faune» vient de *faunus* et de *favere*, qui signifie être favorable. J'en ai bien besoin, ce n'est pas la chance qui me sourit ces jours-ci. Ma tenue de satyre me va à ravir. Jusqu'à Brigitte qui m'empoigne une fesse et m'embrasse à pleine bouche, alors qu'elle ne m'a pas touché, pas même effleuré, depuis au moins deux semaines. Quand elle écrase sa moue de framboise contre mes lèvres, j'ai l'impression d'une oasis dans le désert, j'en suis tout ragaillardi.

Le matin de la parade, les militants, malgré leur jeunesse arrogante, leur vingtaine triomphante, tous costumés, maquillés, excités, oublient de me dédaigner, ne pensent même pas à lever le nez lorsque leur regard a le malheur de croiser le mien. Personne ne me traite « d'agent d'immeubles », personne ne se tord la bouche de dégout en disant : « Ah ! C'est toi ! » Je ne suis plus le Judas de Caronville, en tout cas je jouis d'un court répit. J'en suis si content que je bondis, multiplie les entrechats. Je saute comme un cabri, ce qui va bien avec mon costume.

Jamais désobéissance civile n'a été aussi amusante. Nous sommes parés pour la parade du paradis. Pas question de bluff, d'épate ou d'esbroufe, encore moins d'affectation ou d'ostentation, nous voulons tout bonnement exhiber, déployer, étaler notre juste colère à la face du monde. C'est une défense, une riposte, le défilé dada de la délinquance. Ce n'est que justice : Henri prend la tête de notre coloré cortège.

Il porte d'ailleurs le plus beau costume. Il a revêtu l'armure fabriquée par Damien. Pas juste le casque, mais tout l'ensemble cette fois, la cuirasse, les spalières, les gantelets, jusqu'aux éperons. Il brille de mille feux dans le soleil, ainsi affublé. Damien, qui connaît son métier, a mêlé le style italien aux techniques allemandes, nous explique-t-il. L'armure portée par Henri est gravée de bandes de dessins sur fond hachuré. Damien a pris le temps de tout fignoler avec un poinçon fin avant de tremper les plaques de métal dans l'acide. Jusqu'au travail en bosse de la visière qui lui donne l'allure d'un faciès animal. C'est une œuvre d'orfèvre autant que d'armurier : Henri ressemble à un bijou à la taille et à la forme humaines.

Il doit crever de chaleur sous son heaume, mais il ne se plaint pas. Les autres costumés s'écartent lorsqu'il s'avance pour prendre la tête du défilé. On l'applaudit à tout rompre tellement il est splendide, notre preux chevalier. S'il y a quelqu'un qui a une chance de trouver le Saint-Graal, c'est bien Henri, suivi de près par Henriette habillée en Blanche-Neige. Des cracheurs de feu, des jongleurs, des musiciens encadrent le couple emblématique de Caronville tandis que nous quittons notre ghetto pour gagner la rue principale de Saint-Rancy.

Batman, Superman, Wonder Woman, la femme-chat, une Indienne, un cow-boy, trois ou quatre vampires, une écolière, une infirmière, deux momies, des extraterrestres, Charlie Chaplin, un Christian plus gonzo que jamais, Marie dans son fauteuil roulant maquillé en formule 1, moi le faune de la fable et Henri le preux chevalier, suivis d'au moins trois cents militants venus de partout au Québec pour défendre Caronville comme s'il s'agissait de la forêt enchantée, du merveilleux monde de l'innocence et de l'imaginaire qu'on menace d'éliminer à tout jamais. Nous avançons dans la rue principale de Saint-Rancy en crachant des flammes, en jonglant avec des quilles multicolores, en soufflant dans des trompettes de Jéricho en plastique et en scandant d'un même souffle : « Non ! Non ! Non ! On s'en ira pas ! On va rester là ! »

C'est complètement absurde puisque, sur les trois cents manifestants, pas plus d'une dizaine vit vraiment à Caronville. Peu importe, notre solidarité nous soude contre le système et j'ai de nouveau l'impression d'être un adolescent. Jour après jour, chacun d'entre nous est exproprié de lui-même par les forces économiques qui mènent le monde, par sa propre mesquinerie, par le temps qui passe. Pour une fois, ne serait-ce qu'une seule petite fois, on va pouvoir crier qu'on n'est pas contents.

La preuve de notre pertinence : trois voitures de police bloquent l'intersection vers laquelle nous nous dirigeons. Jocelyn Tremblay a demandé et obtenu des renforts. Le superflic de Saint-Rancy, jambes écartées, poings sur les hanches, regard masqué par ses lunettes miroir, se tient debout au milieu de la chaussée où il nous attend dans une attitude provocante. Comme nous nous approchons, il empoigne son mégaphone et il gueule :

— Vous n'avez pas obtenu de permis pour défiler ! Rentrez chez vous ! Cette manifestation est illégale !

Prise de stupeur, la parade piétine et ralentit. Nous sommes trois cents, ils sont trois, chacun fait son calcul. Ils n'ont tout de même pas la prétention de nous incarcérer tous. Ceux qui sont à la fin du défilé poussent ceux qui sont devant et qui hésitent. Brigitte attrape Henri par le bras et le retient. Trois voitures de police bloquent la rue. Est-ce qu'on doit les contourner, les escalader, les déplacer à bout de bras ?

Des curieux, des citoyens de Saint-Rancy, des gens attirés par le bruit en ce beau samedi midi, s'agglutinent le long du trottoir. Ils observent la scène avec appréhension. Pendant quelques secondes, on dirait qu'un dieu tout-puissant a appuyé sur pause, figé la réalité. Puis, échappant à la poigne de Brigitte, dans un bruissement de métal qui accompagne chacun de ses pas, Henri s'avance. Toute la parade retient son souffle tandis que notre preux chevalier traverse les cinquante mètres qui le séparent du dragon cracheur de flammes et croqueur de princesses, incarné ici par Jocelyn Tremblay.

Énervé, le méchant joue son rôle à merveille; le policier dégaine, braque son arme sur le héros de pure lumière argentée qui s'arrête juste devant lui. Jocelyn se souvient des coups de bâton, il ne veut pas se laisser ridiculiser une seconde fois… Brigitte pousse un couinement et plante ses ongles dans mon bras. Les trois cents cœurs des trois cents manifestants sautent à l'unisson. Le jeu devient dangereux, la blague pourrait chavirer, le spectre d'une tragédie irrémédiable souffle sur la nuque de chacun.

Faisant fi de l'arme de service dont le canon tremble à deux centimètres de sa poitrine, Henri lève la visière de son casque, découvre son visage souriant sous la sueur. Il se penche vers l'avant et dépose un baiser sur la joue de Jocelyn Tremblay. Une jeune femme noire, une policière, descend d'une des autos-patrouilles. Elle doit être nouvelle dans le coin ou elle a été recrutée dans un autre secteur, je ne l'ai jamais vue. Elle s'approche lentement de Jocelyn qui grimace convulsivement dans le soleil. Elle pose doucement la main sur l'arme de son confrère, la lui retire et la replace délicatement dans son étui. Elle murmure quelques paroles dans l'oreille de Jocelyn qui tourne la tête, enlève ses lunettes, la regarde d'un air féroce puis résigné.

Jocelyn crache par terre, réintègre son véhicule et, miracle, libère le chemin. Les deux autres voitures l'imitent et ouvrent la rue principale de Saint-Rancy. La foule applaudit. La parade peut continuer et ne s'en prive pas. Nous nous rendons jusqu'à l'hôtel de ville. Plus personne n'essaie de nous arrêter.

18

À Caronville, les campeurs arborent des tenues de plus en plus excentriques. Les plumes d'Indiens, les peintures de guerre se mêlent aux boas fluo et aux chapeaux melon. Les militants se promènent à moitié nu, dans des bermudas de surplus d'armée ou des camisoles déchirées, marqués du sigle de l'anarchie. Plusieurs discutent des différentes techniques permettant de se rendre indélogeable, comme de s'enchaîner à un arbre ou de figer son bras dans un baril de béton. Ça sent l'esbroufe : l'expropriation n'est pas prévue avant plusieurs semaines.

Les médias sont venus témoigner du phénomène. On a pu voir à la télévision d'État des jeunes de vingt-cinq ans au visage couvert de peintures de guerre, portant pour l'un un panama, pour l'autre un haut-de-forme vert serti de billes mauves. Ils parlaient de Karl Marx, de la lutte des classes et de l'efficacité du *boogie-woogie* comme remède contre la dépression. Ils avaient les yeux rouges et le regard glauque. On aurait pu les soupçonner d'avoir fumé de la marihuana s'ils n'avaient pas été si érudits et si articulés. L'herbe de Rainbow est d'une qualité renversante. Il ne veut pas révéler d'où elle vient, mais je crois qu'il s'approvisionne auprès d'un vieux Mohawk, en partie nègre écossais de Singapour, qu'il connaît depuis ses années de pérégrinations au Tibet.

Voilà donc l'univers à la fois tordu, splendide, magique et menacé où je suis de moins en moins toléré, où j'ose à peine me rendre un soir par semaine. Je joue au ping-pong avec Henri. Il n'y a que lui pour croire encore en moi.

Le jour, je suis toujours occupé. Ce matin, par exemple, chemisette d'été, pantalon impeccablement repassé, souliers si bien cirés qu'on pourrait s'y mirer, je présente une demeure déjà construite. C'est peu commun. Habituellement, je fais visiter les maisons modèles. Au rythme où vont les choses, les entrepreneurs n'arrivent pas à fournir à la demande. La compagnie qui m'emploie se spécialise dans trois types de bungalows, chacun étant plus coûteux que le précédent. Celui d'aujourd'hui est un modèle intermédiaire. À Saint-Rancy, une maison neuve, sans propriétaire, pas encore vendue, ressemble à une anomalie de la nature. Cette demeure-ci se trouve d'ailleurs à l'extrême limite du chantier. Le bureau central m'a téléphoné à trois reprises de Montréal pour me conjurer de corriger cette incongruité le plus rapidement possible. J'accueille mes clients potentiels sur le pas de la porte. Ils ne sont pas trop antipathiques.

J'effectue ma routine de vente, ma chorégraphie d'agent d'immeubles. Voici la cuisine, voici le salon, la chambre du futur poupon. Voyez comme c'est beau, grand, propre, abordable. Traversant le salon, la dame lève un doigt, m'interrompt par une question : « Qu'est-ce qui se passe, là ? » Occupé par mon texte de présentation répétitif, branché sur le pilote automatique, je n'arrive pas à lui répondre. Je regarde, bouche bée, le spectacle qui se déroule de l'autre côté de la baie vitrée. Nous sommes à la limite du chantier, dans une des dernières maisons à avoir surgi du sol. Ce qui se trouve de l'autre côté de la rue, c'est Caronville.

Scintillante, menaçante, une rétrocaveuse surgit en plein milieu du campement, soulignant par sa robustesse l'infinie fragilité des maisons de bois et de briques, l'indéniable précarité des toiles des tentes où dorment et vivent les plus têtus des militants depuis maintenant plusieurs semaines. On se croirait dans l'histoire des trois petits cochons, dans la scène du loup. La machine s'avance jusqu'à ce que sa pelle touche presque à la première tente. J'essaie de bégayer une réponse à la dame qui me demande, pour une troisième fois, des explications.

Sans doute peu rassuré par mon mutisme, par la perte subite de mes moyens, moi qui jusque-là ne cessais de parler, de les envelopper dans le miel de mon bagou, le couple ouvre la porte, sort sur le balcon, descend les marches et traverse la rue. Je ne comprends rien. L'évacuation et la destruction des maisons ne sont pas prévues avant un mois.

Des militants surgissent de la forêt qui jouxte Caronville et sépare Saint-Rancy de la municipalité voisine. Ils sont une douzaine, déguisés, maquillés, coiffés de queues de renard à la Daniel Boone, de tricornes ou de plumes, torse nu ou en soutien-gorge de fantaisie sous des queues-de-pie turquoise ou roses, ou encore couverts de motifs de camouflage. Ils agitent des tambourins, des maracas, jouent du tam-tam ou de la flûte, dansent, tournent sur eux-mêmes comme des derviches, encerclent la niveleuse en chantant un hymne de purification.

Mes acheteurs, transformés en spectateurs ahuris et n'attendant que le signal de la fuite, tout de même mus par une curiosité compréhensible, se rapprochent encore du délirant spectacle. Jocelyn Tremblay, qui escorte inévitablement les travailleurs de la ville, brandit son maudit mégaphone :

— Attention ! Les cols bleus doivent effectuer des tests de sol et des vérifications de route ! Toute tentative de leur nuire sera punie dans la juste mesure de la loi !

Tests de sol mon œil ! Il s'agit d'une tactique d'intimidation. Les manifestants huent le policier, le conspuent, lui font des pieds de nez avant de reprendre leur danse et leur chant. Au même moment, le pneu avant droit de la niveleuse éclate et se dégonfle d'un coup. Le chauffeur se précipite pour constater qu'il s'agit d'un simple accident : une tige de métal dans le sol a percé le pneu. Les manifestants multicolores accueillent l'incident avec des cris de joie. L'un d'eux hurle : « Les esprits de la forêt sont avec nous ! »

De nouveau, ils tournent, ils agitent leurs instruments de percussion, ils chantent. Dans son costume de Pocahontas, Brigitte danse et chante avec les autres. Elle agite son tambourin, lève haut les genoux, ne lance pas un seul regard dans ma direction. Bientôt trois semaines que je ne l'ai pas touchée. Je ne dors pas. Je ne mange pas… Avalant difficilement ma salive, j'interpelle ma belle Indienne de pacotille lorsque la ronde la fait de nouveau passer devant moi :

— Hé ! Brigitte…

Elle m'ignore royalement, danse avec plus de conviction, agite ses percussions avec détermination, comme si elle voulait me chasser du champ de ses perceptions. Délaissant mes deux clients, qui auront une histoire à raconter à leurs amis, j'avance d'un pas, j'attrape Brigitte par le coude :

— Écoute-moi, je veux juste te parler…

D'un mouvement brusque, elle s'arrache à ma poigne, feulant comme une chatte enragée :

— Lâche-moi ! Je ne t'appartiens pas !

La violence de sa réaction me sidère. J'en perds mes moyens, je ne sais plus comment réagir. Je n'aurais jamais dû me mêler de cette affaire. J'aurais dû rester à l'écart. Les manifestants se mettent à tourbillonner autour de moi. L'un d'eux pousse un cri, repris en chœur par tous les autres, même par Brigitte :

— Le vendeur est un crosseur ! Le vendeur est un crosseur ! Le vendeur est un crosseur !

Ils ont l'air méchant, dansant autour de moi et me criant des bêtises. Ils donnent l'impression de vouloir m'attacher à un poteau et me rôtir la plante des pieds. Mes clients potentiels bredouillent des excuses, effectuent une retraite stratégique et se sauvent dans un crissement de pneus qui en dit long sur mes chances de les revoir.

Plus tard, le même jour, je réussis à forcer le rendez-vous. Brigitte m'attend avec un ultimatum :

— Si tu ne démissionnes pas, ne viens plus me voir.

— Ça n'a pas de sens ce que tu me demandes. J'ai quarante-cinq ans. Je ne peux pas cesser de travailler. Qu'est-ce que je vais faire?

— Autre chose.

— Non. C'est impossible. Je suis trop vieux pour me réinventer. Je l'ai déjà fait une fois, ç'a été assez pénible, merci.

— Excuse-moi, mais Caronville est tout ce que j'ai. Je ne peux pas partager ma vie avec un homme qui pactise avec l'ennemi.

— Un homme qui pactise avec l'ennemi? Est-ce que tu entends ce que tu dis? Tu te laisses influencer, Brigitte. Toi non plus, tu n'as plus vingt ans. On s'en fout de cette maison. Tu n'as qu'à venir vivre avec moi, chez moi. Il n'y a pas de problème.

— Et Henri et Henriette?

Elle touche un point sensible. Henri et Henriette, je les aime, je m'y suis attaché. Mais de là à vivre avec eux… Ce n'est pas seulement la question de leur handicap… Vivre à quatre, plus le chat… Je ne suis plus un enfant d'école pour passer ma vie dans un dortoir. Les trisomiques, ils ont besoin de routine. Moi, avec mon travail, je n'ai jamais deux journées pareilles. Brigitte n'est pas mieux. Elle a tout cloisonné dans sa vie. Henri et Henriette, au rez-de-chaussée. Notre donjon, notre salle d'opération, notre théâtre éroti-que, au sous-sol. Chacun son moment. Chacun son endroit. L'expropriation bouleverse nos frontières, chamboule nos vies, force une réorganisation. Elle me pose un ultimatum. Je ne réponds pas assez vite à son

196

goût. J'hésite. Elle perçoit mes tergiversations comme une trahison. Henri et Henriette, je les apprécie, mais je ne sais pas si je serais capable de vivre avec eux. Ou avec qui que ce soit d'autre que Brigitte.

— Tu vois ? Tu ne réponds pas. Tu nous imagines, à quatre, dans ton petit condo du bord de l'eau ? Ça va être la joie.

— On peut toujours trouver une autre maison. Je payerai la différence du loyer. Je gagne quand même pas mal d'argent, tu sais. Ce n'est pas le moment de lâcher le morceau.

— Justement, tu le ramasses, le morceau, en traficotant avec des gens qui veulent nous rayer de la carte. C'est inacceptable. C'est comme si tu travaillais dans un camp de concentration tout en étant marié à une Juive. Tu es un collabo.

— Brigitte !

— Tu ne peux pas faire la promotion de la Chartre des droits humains tout en étant esclavagiste. Tu dois choisir.

— Brigitte, tu dis n'importe quoi. La tête te tourne. Tu te laisses influencer par de jeunes imbéciles à peine sortis de l'adolescence et qui ne seront plus ici à la fin de l'été !

— Non. Je suis catégorique. Nous avons passé de bons moments ensemble. Mais Henri et Henriette sont ma famille. Je ne veux plus te voir tant que tu n'auras pas démissionné de ton emploi d'agent d'immeubles. C'est ton job ou c'est moi.

Je quitte Caronville la tête basse, le cœur gros.

19

— Qu'est-ce que tu vas faire?

Christian fixe une nouvelle Marlboro à son fume-cigarette. Sa chemise hawaïenne brille de mille feux sous le soleil. Dissimulé à l'ombre de son chapeau de pêcheur, son regard lance tout de même des étincelles de malice. Nous sommes installés à ma terrasse et buvons du scotch. Je l'ai appelé en renfort. Contrairement à moi, mon ami est en grande forme. Une sorte de miracle vient de se produire dans sa vie. Un concours a été organisé pour permettre à des médias de participer à un vol suborbital réservé spécialement aux journalistes. Dix sièges ont été tirés au hasard. La revue de camping-caravaning *Sur la route* a gagné. Mon rêve à moi s'écroule lamentablement et celui de Christian s'apprête à décoller.

— Je ne sais pas, je ne sais pas ce que je vais faire.

— Tu pourrais démissionner, vivre de ta peinture, faire des cartes de souhaits.

— Me contenter de 20 000 $ par année? Je ne pourrais même pas payer mon hypothèque. Je devrais vendre mon condo et vivre dans un taudis à Montréal. Je serais bien avancé.

— Selon toi, il est impossible de voir Brigitte changer d'idée?

— Oui. Elle est l'intransigeance même.

— Dans ce cas, c'est vraiment fini, vous deux?

Je préfère ne pas répondre à cette question. J'essaie de ne pas y penser. Mais de ne pas vouloir y penser, c'est comme y penser, c'est pire. Alors, j'essaie de ne pas penser du tout. Je voudrais m'arracher la tête pour la lancer au bout de mes bras. Je me sers un autre scotch.

— Et toi? Tu vas vraiment aller dans l'espace?

Un sourire de carnassier s'étire sur son visage. Son bonheur l'illumine de l'intérieur.

— À proprement parler, ce n'est pas vraiment l'espace. Il s'agit d'un vol suborbital. C'est quand même beaucoup plus haut qu'un vol commercial. On va échapper à la pression de l'air. D'où je serai, je pourrai constater, de visu, la courbe de l'écorce terrestre.

— C'est pas dangereux?

— Pas plus que de se promener en voiture. Je te l'ai dit à plusieurs reprises, l'espace est la prochaine frontière. J'ai écrit de nombreux articles sur le sujet. Pour me récompenser de mon intérêt, Uniktourspace, la seule agence au Canada à faire la promotion du tourisme intergalactique, a réussi à me faire participer à ce tirage. Nous serons dix journalistes à nous envoler avec Virgin Galactic.

— Il y a beaucoup de vols?

— Plusieurs dizaines. De nombreuses entreprises se font la guerre pour être la première à occuper le lucratif créneau du vol suborbital.

— Tu vas faire un Guy Laliberté de toi.

— Lui, il a payé des dizaines de millions de dollars pour séjourner dans la Station spatiale internationale. Aujourd'hui, un vol suborbital coûte à peine 100 000 $, c'est beaucoup plus abordable.

— Seulement 100 000 $...

— On peut s'attendre à une baisse des prix dans les années à venir. Un port spatial est déjà en construction au Nouveau-Mexique. Les producteurs de 7 Up annoncent un concours qui permettra à trois chanceux de s'envoyer littéralement en l'air. L'industrie de l'aviation n'a pas commencé autrement.

Malgré mon malheur, la volubilité de Christian me fait sourire. Il agite ses mains en parlant, un bout de cendre de cigarette tombe sur son chapeau, il s'en moque. Selon ce qu'il raconte, il existe déjà sept entreprises qui se spécialisent dans le tourisme spatial. Elles produisent des véhicules comme le Silver Dart Spacecraft, qui décolle à la manière d'une fusée et atterrit comme un avion. Une compétition, le X-Prize, offre des millions de dollars au producteur privé du premier engin à pouvoir se rendre deux fois en deux semaines à la limite de l'atmosphère terrestre. Tout cela pour goûter à un peu d'apesanteur.

— Mon vol suborbital va durer trois heures. Il sera précédé d'une formation de trois jours et demi. Je vais être parti une semaine. J'ai accepté d'y consacrer mes vacances, pour ne pas que mon périple coûte trop cher à la revue.

— Tu crois vraiment qu'il y a des campeurs-caravaneurs prêts à payer 100 000 $ pour aller dans l'espace?

— Absolument. Écoute, une chaîne d'hôtels de luxe songe à acheter la Station spatiale internationale lorsqu'elle sera devenue désuète pour la recherche scientifique.

— Incroyable! J'avoue qu'en ce moment je me sens si lourd qu'il faudrait plus qu'une fusée pour m'arracher à la croûte terrestre.

— C'est vrai qu'on ne rencontre pas souvent une femme comme Brigitte. Mon vieux, tu as partagé la vie d'une starlette du porno. Même si elle n'a plus vingt ans, elle est encore parfaitement croquable. Sais-tu combien d'hommes rêvent de connaître, au moins le temps d'une nuit, ce que tu as vécu pendant tous ces mois?

— Brigitte est beaucoup plus qu'une ex-starlette du porno.

— Mais elle l'est aussi. Tu ne peux pas le nier. J'ai vu plusieurs de ses films. Je parie que vous faisiez autre chose que de jouer au bingo pendant tous ces après-midis enfermés dans cette petite maison...

— Tu as vu plusieurs de ses films?

— Rio, réveille-toi! Tu es à Saint-Rancy! L'archétype de la ville dortoir. Le parangon de la banlieue. Là où il ne se passe jamais rien. Il n'y a pas un mâle dans toute la ville qui ne sente la présence de Brigitte parmi nous. C'est une question d'enzymes, de phéromones. La fleur attire le bourdon, Brigitte dégage... je ne sais pas... des ondes! Quand tout sera fini, on aura de la difficulté à déterminer qui, de toi ou de moi, a atteint les plus grandes altitudes.

— Tu dis des choses vraiment étranges.

— Rio, je n'ai pas baisé depuis plus de six mois. Alors moi, je trouve que tu te plains le ventre plein.

— Six mois?!

— Je travaille pour un salaire de crève-faim. Je m'occupe de ma fille une semaine sur deux. En plus, dois-je te le rappeler, j'habite à Saint-Rancy. Où est-ce qu'un quadragénaire peut draguer dans cette ville? Dans la section des produits réfrigérés à l'épicerie? Sur Internet? Ce n'est pas facile. Tu n'as visiblement aucune idée de la misère sexuelle dans laquelle croupit la majorité des gens.

— Tu me fais peur.

21

Jacob demeure mon seul lien avec Caronville, ou Cirque Cité, comme j'aime appeler ces sept petites maisons prises au cœur d'un si grand tumulte. Je ne vais plus chez Rainbow, qui ne vend plus rien depuis son arrestation. Écœuré par la tournure des événements, convaincu d'avoir fait tout ce qu'il pouvait, Damien est rentré à sa maison de Mont-Laurier pour vivre et créer dans la forêt, en ermite, loin de tout. Il laisse, comme témoins de son passage, l'inukshuk géant et l'étincelante armure qui crépite de reflets dans le soleil.

L'été s'achève, les militants se préparent pour la rentrée scolaire. Après avoir campé, fêté et protesté sous le soleil, ils s'en retournent à leurs appartements ou même chez leurs parents. Certains ont des emplois, d'autres suivent des cours, presque tous ont des priorités nouvelles, mènent des combats moins désespérés. Caronville va être rasée pour faire place à un centre commercial hypermoderne muni d'une piscine à vagues et d'un terrain de golf virtuel. Le dieu Dollar, chimpanzé lépreux, jouira d'un nouveau temple.

Michel Faneuf, mon beau-frère le maire, a serré la vis autant qu'il a pu. Non content d'avoir obtenu le droit de chasser une poignée de marginaux de leur habitation à prix modique, il a envoyé un inspecteur municipal qui s'est empressé de classer les sept maisonnettes de Caronville comme insalubres. C'est complètement faux : la demeure de Brigitte est aussi propre et fonctionnelle que n'importe lequel des bungalows de mélamine que je vends. Mais ça ajoute l'insulte à l'injure, en plus de boucler le dossier de belle manière. Caronville n'est plus qu'une saleté à nettoyer, une crasse à récurer.

La semaine dernière, la ville a coupé l'alimentation électrique. Le raccord de Caronville au dernier poteau de l'Hydro présentait un cas douteux. Aucun permis n'aurait été émis, aucune autorisation demandée. Depuis cinquante ans, le courant passait par là, mais ce n'était pas assez, semble-t-il, pour constituer un droit acquis. Un technicien, crabe humain, a sectionné les fils avec ses grosses pinces. La détermination de bon nombre de militants s'est éteinte avec la dernière ampoule. Ils ne pouvaient plus recharger leurs ordinateurs personnels ou alimenter les écrans géants juchés dans les arbres.

Jocelyn Tremblay a obtenu un mandat de perquisition. Il a débarqué chez Rainbow à la tête de rien de moins qu'une équipe d'intervention tactique, trois voitures de patrouille et une fourgonnette. Une descente en bonne et due forme. Il en a profité pour abattre Domino qui avait osé aboyer dans sa direction, mortelle menace pour les forces de l'ordre… Jocelyn s'est enfin servi de son *gun* ! Il devait être fier de lui.

Le Dirty Harry de Saint-Rancy a arrêté Rainbow, Jacob et Henri. Jacob achetait justement un gramme de pot et Henri passait par là pour jaser un brin avec son voisin. Jocelyn les a embarqués tous les trois. Après avoir fouillé la maison, éventré les oreillers, cassé les bibelots, notre superflic a saisi trois quarts d'once de marihuana, grosse prise. Il a fait transporter ses trois détenus jusqu'au poste de Longueuil, là où il y a des cellules.

Tout le monde ne peut pas être aussi stupide que Jocelyn Tremblay. Le juge a aboyé de colère lorsqu'il a constaté qu'on le dérangeait pour de pareilles peccadilles. Henri et Jacob ont été immédiatement libérés, sans autre forme de procès. Rainbow devra retourner en cour. Il est accusé de possession et de trafic. Il va probablement écoper de travaux communautaires et d'un casier judiciaire. Ma sœur a menacé de quitter son mari, mais elle ne l'a pas fait.

Avant-hier, l'eau courante a été coupée. Devant l'imminence de l'action policière, les contestataires qui restent ont décidé de regagner les arbres. Hier, les huissiers sont venus demander aux locataires de partir. Marie et son conjoint ont obtempéré. Coincée dans son fauteuil roulant, Marie ne peut tout de même pas s'exposer à la possibilité d'un coup de matraque. Rainbow s'est enchaîné à une épinette. Brigitte, ma Brigitte, a coulé son bras dans un baril de six cents livres de ciment.

Étrange coïncidence, Christian doit s'envoler ce matin. Son vol suborbital est prévu pour aujourd'hui.

Il était très excité lorsque nous nous sommes parlé au téléphone, hier soir. Je pense à lui en me levant à l'aube pour me diriger le plus silencieusement possible vers la maison de Rainbow. Même sous les étoiles, l'armure de Damien brille et scintille, animée d'une vie intérieure. Je l'enfile, lentement, sans faire de bruit, sans doute pendant que Christian passe son habit de cosmonaute.

Vers 6 h, l'opération policière prend les militants endormis par surprise. Un troupeau de voitures de la Sûreté du Québec – par la visière de mon heaume, j'en compte plus de vingt – se matérialise dans un nuage de poussière. Les agents ordonnent l'évacuation des lieux. Une quinzaine de contestataires, dont Henri et Henriette escortés par Monique et Jacob, sans oublier Zoé, quittent sans difficulté. En ont-ils le choix ?

Une fois les meubles abandonnés extirpés de leur dernière demeure, les bulldozers passent à l'action. Cinq des sept maisonnettes sont rasées en quelques minutes. Les travailleurs enlèvent leur casque et se grattent le front en tournant autour de l'inukshuk géant. Il ne sera pas si facile à déplacer, celui-là…

Reste l'opération la plus délicate: déloger Rainbow et Brigitte. Je transpire abondamment. J'ai des crampes dans tous les muscles à force d'attendre le bon moment, immobile dans l'armure. Mes intentions ne sont pas pacifiques. Je suis déterminé à prouver à Brigitte la force de mon attachement, l'authenticité de mon affection. Je songe à Christian qui s'envole vers les étoiles. Chacun doit poursuivre son rêve.

Je savais que je pouvais m'y fier. Il est tellement prévisible. Il aura insisté pour se garder ce rôle. Probablement qu'il leur a dit quelque chose dans le genre : « C'est ma ville ici. Je ne vais pas me faire bousculer par une pouffiasse ! »

Et ils auront choisi de le laisser faire, peut-être impressionnés par sa mauvaise imitation de Clint Eastwood...

Jocelyn Tremblay, une massue dans la main, prend la tête d'un groupe d'agents qui se dirigent vers la maison de Brigitte. Ils rigolent en se remontant le pantalon : ils s'en vont retirer l'ancienne vedette porno de son baril de ciment. Ils en profitent pour multiplier les blagues salaces. Comme Jocelyn passe près de moi, je pousse un cri de guerre et je fonce sur lui. Je suis déterminé à lui tordre le cou, comme il le mérite. Il tourne la tête, le visage convulsé de terreur à la vue de cette armure subitement douée d'existence. Il dégaine son arme et la braque dans ma direction... Rien ne pourra m'arrêter !

FICTION
aux Éditions Triptyque

Allaire, Camille. *Celle qui manque* (nouvelles), 2010
Allard, Francine. *Les mains si blanches de Pye Chang* (roman), 2000
Andersen, Marguerite. *La soupe* (roman), 1995
Anonyme. *La ville : Vénus et la mélancolie* (récit), 1981
Arbour, Marie-Christine. *Drag* (roman), 2011
Arbour, Marie-Christine. *Utop* (roman), 2012
Arbour, Marie-Christine. *Chinetoque* (roman), 2013
Arsenault, Mathieu. *Album de finissants* (récit), 2004
Arsenault, Mathieu. *Vu d'ici* (roman), 2008
Bacot, Jean-François. *Ciné die* (récits), 1993
Beaudoin, Daniel-Louis. *Portrait d'une fille amère* (roman), 1994
Beaudoin, Myriam. *Un petit bruit sec* (roman), 2003
Beaudry, Jean. *L'amer Atlantique* (roman épistolaire), 2011
Beausoleil, Jean-Marc. *Le souffle du dragon* (nouvelles), 2009
Beausoleil, Jean-Marc. *Utopie taxi* (roman), 2010
Beausoleil, Jean-Marc. *Blanc Bonsoir* (roman), 2011
Beausoleil, Jean-Marc. *Monsieur Électrique* (roman), 2012
Beausoleil, Jean-Marc. *Joie de combat* (roman), 2013
Beccarelli Saad, Tiziana. *Les passantes* (récits), 1986
Beccarelli Saad, Tiziana. *Vers l'Amérique* (roman), 1988
Beccarelli Saad, Tiziana. *Les mensonges blancs* (récits), 1992
Benoit, Mylène. *Les jours qui penchent* (roman), 2011
Bensimon, Philippe. *Tableaux maudits* (roman), 2007
Bensimon, Philippe. *La Citadelle* (récit), 2008
Bereshko, Ludmilla. *Le colis* (récits), 1996
Berg, R.-J. *D'en haut* (proses), 2002
Bessens, Véronique. *Contes du temps qui passe* (nouvelles), 2007
Bibeau, Paul-André. *Le fou de Bassan* (récit), 1980
Bibeau, Paul-André. *Figures du temps* (récit), 1987
Bioteau, Jean-Marie. *La vie immobile* (roman), 2003
Blanchet, Alain. *La voie d'eau* (récit), 1995
Blot, Maggie. *Plagiste. Dormir ou esquisser* (récit), 2007
Blouin, Lise. *L'absente* (roman), 1993
Blouin, Lise. *Masca ou Édith, Clara et les autres* (roman), 1999
Blouin, Lise. *L'or des fous* (roman), 2004
Boissé, Hélène. *Tirer la langue à sa mère* (récits), 2000
Boisvert, Normand. *Nouvelles vagues pour une époque floue* (récits), 1997

Bouchard, Camille. *Les petits soldats* (roman), 2002

Bouchard, Reynald. *Le cri d'un clown* (théâtre), 1989

Boulanger, Patrick. *Les restes de Muriel* (roman), 2007

Boulanger, Patrick. *Selon Mathieu* (roman), 2009

Bourgault, Marc. *L'oiseau dans le filet* (roman), 1995

Bourque, Paul-André. *Derrière la vitre* (scénario), 1984

Brunelle, Michel. *Confidences d'un taxicomane* (récit), 1998

Bunkoczy, Joseph. *Ville de chien* (roman), 2007

Bush, Catherine. *Les règles d'engagement* (roman), 2006

Butler, Juan. *Journal de Cabbagetown* (roman), 2003

Caccia, Fulvio. *La ligne gothique* (roman), 2004

Caccia, Fulvio. *La coïncidence* (roman), 2005

Caccia, Fulvio. *Le secret* (roman), 2006

Caccia, Fulvio. *La frontière tatouée* (roman), 2008

Campeau, Francine. *Les éternelles fictives ou Des femmes de la Bible* (nouvelles), 1990

Caron, Danielle. *Le couteau de Louis* (roman), 2003

Chabin, Laurent. *Écran total* (roman), 2006

Chabin, Laurent. *Corps perdu* (roman), 2008

Chabot, François. *La mort d'un chef* (roman), 2004

Champagne, Louise. *Chroniques du métro* (nouvelles), 1992

Chatillon, Pierre. *L'enfance est une île* (nouvelles), 1997

Clément, Michel. *Le maître S* (roman), 1987

Clément, Michel-E. *Ulysse de Champlemer* (roman), 1997

Clément, Michel-E. *Phée Bonheur* (roman), 1999

Clément, Michel-E. *Sainte-Fumée* (roman), 2001

Cliche, Anne-Élaine. *La pisseuse* (roman), 1992

Cliche, Anne-Élaine. *La Sainte Famille* (roman), 1994

Cliche, Mireille. *Les longs détours* (roman), 1991

Cloutier, Annie. *Ce qui s'endigue* (roman), 2009

Cloutier, Annie. *La chute du mur* (roman), 2010

Cloutier, Annie. *Une belle famille* (roman), 2012

Collectif. *La maison d'éclats* (récits), 1989

Corbeil, Marie-Claire. *Tess dans la tête de William* (récit), 1999

Côté, Bianca. *La chienne d'amour* (récit), 1989

Côté, Johanne Alice. *Mégot mégot petite mitaine* (nouvelles), 2008

Daigle, Jean. *Un livre d'histoires* (récits), 1996

Daigneault, Nicolas. *Les inutilités comparatives* (nouvelles), 2002

Dandurand, Anne. *Voilà, c'est moi: c'est rien, j'angoisse* (récits), 1987

Daneau, Robert. *Le jardin* (roman), 1997

Dé, Claire. *Hôtel Septième-ciel* (nouvelles), 2011

Lejeune, Maxime. *Le traversier* (roman), 2010
Le Maner, Monique. *Ma chère Margot* (roman), 2001
Le Maner, Monique. *La dérive de l'Éponge* (roman), 2004
Le Maner, Monique. *Maman goélande* (roman), 2006
Le Maner, Monique. *La dernière enquête* (polar), 2008
Le Maner, Monique. *Roman 41* (roman), 2009
Le Maner, Monique. *Un taxi pour Sherbrooke* (roman), 2013
Lemay, Grégory. *Le sourire des animaux* (roman), 2003
Lepage, François. *Les abeilles* (roman), 2013
Lepage, Sophie. *Lèche-vitrine* (roman), 2005
Lépine, Hélène. *Kiskéya* (roman), 1996
Lépine, Hélène. *Le vent déporte les enfants austères* (récit), 2006
Lévy, Bernard. *Comment se comprendre autrement que par erreur* (dialogues), 1996
Lévy, Bernard. *Un sourire incertain* (récits), 1996
Locas, Janis. *La maudite Québécoise* (roman), 2010
Maes, Isabelle. *Lettres d'une Ophélie* (récits), 1994
Manseau, Pierre. *L'île de l'Adoration* (roman), 1991
Manseau, Pierre. *Quartier des hommes* (roman), 1992
Manseau, Pierre. *Marcher la nuit* (roman), 1995
Manseau, Pierre. *Le chant des pigeons* (nouvelles), 1996
Manseau, Pierre. *La cour des miracles* (roman), 1999
Manseau, Pierre. *Les bruits de la terre* (récits), 2000
Manseau, Pierre. *Ragueneau le Sauvage* (roman), 2007
Manseau, Pierre. *Les amis d'enfance* (roman), 2008
Manseau, Martin. *J'aurais voulu être beau* (récits), 2001
Marquis, André. *Les noces de feu* (roman), 2008
Martel, Jean-Pierre. *La trop belle mort* (roman), 2000
Martin, Daniel. *La solitude est un plat qui se mange seul* (nouvelles), 1999
McComber, Éric. *Antarctique* (roman), 2002
McComber, Éric. *La mort au corps* (roman), 2005
Ménard, Marc. *Itinérances* (roman), 2001
Messier, Judith. *Jeff!* (roman), 1988
Michaud, Nando. *Le hasard défait bien les choses* (polar), 2000
Michaud, Nando. *Un pied dans l'hécatombe* (polar), 2001
Michaud, Nando. *Virages dangereux et autres mauvais tournants* (nouvelles), 2003
Michaud, Nando. *La guerre des sexes ou Le problème est dans la solution* (polar), 2006
Monette, Pierre. *Trente ans dans la peau* (roman), 1990
Moreau, François. *La bohème* (roman), 2009
Moutier, Maxime-Olivier. *Potence machine* (récits), 1996
Moutier, Maxime-Olivier. *Risible et noir* (récits), 1997
Moutier, Maxime-Olivier. *Marie-Hélène au mois de mars* (roman), 1998

Neveu, Denise. *De fleurs et de chocolats* (récits), 1993

Neveu, Denise. *Des erreurs monumentales* (roman), 1996

Nicol, Patrick. *Petits problèmes et aventures moyennes* (récits), 1993

Nicol, Patrick. *Les années confuses* (récits), 1996

Nicol, Patrick. *La blonde de Patrick Nicol* (roman), 2005

Noël, Denise. *La bonne adresse suivi de Le manuscrit du temps fou* (récits), 1995

O'Neil, Huguette. *Belle-Moue* (roman), 1992

O'Neil, Huguette. *Fascinante Nelly* (récits), 1996

Ory, Marc. *Zanipolo* (roman), 2010

Ory, Marc. *La concession* (roman), 2011

OuldAbderrahmane, Mazouz. *Le Café Maure* (roman), 2013

Painchaud, Jeanne. *Le tour du sein* (récits), 1992

Paquette, André. *La lune ne parle pas* (récits), 1996

Paquette, André. *Les taches du soleil* (récits), 1997

Paquette, André. *Première expédition chez les sauvages* (roman), 2000

Paquette, André. *Parcours d'un combattant* (roman), 2002

Paré, Marc-André. *Chassés-croisés sur vert plancton* (récits), 1989

Paré, Marc-André. *Éclipses* (récits), 1990

Pascal, Gabrielle. *L'été qui dura six ans* (roman), 1997

Pascal, Gabrielle. *Le médaillon de nacre* (roman), 1999

Patenaude, Monique. *Made in Auroville, India* (roman), 2004

Pawlowicz, Julia. *Retour d'outre-mer* (roman), 2013

Pépin, Pierre-Yves. *La terre émue* (récits), 1986

Pépin, Pierre-Yves. *Le diable au marais* (contes), 1987

Pépin, Pierre-Yves. *Ticket pour l'éternité* (nouvelles), 2013

Perreault, Guy. *Ne me quittez pas!* (récits), 1998

Perreault, Guy. *Les grands brûlés* (récits), 1999

Piuze, Simone. *Blue Tango* (roman), 2011

Poitras, Marie Hélène. *Soudain le Minotaure* (roman), 2002

Poitras, Marie Hélène. *La mort de Mignonne et autres histoires* (nouvelles), 2005

Poulin, Aline. *Dans la glace des autres* (récits), 1995

Quintin, Aurélien. *Barbe-Rouge au Bassin* (récits), 1988

Quintin, Aurélien. *Chroniques du rang IV* (roman), 1992

Raymond, Richard. *Morsures* (nouvelles), 1994

Renaud, France. *Contes de sable et de pierres* (récits), 2003

Renaud, Thérèse. *Subterfuges et sortilèges* (récits), 1988

Ricard, André. *Les baigneurs de Tadoussac* (récit), 1993

Ricard, A. *Une paix d'usage. Chronique du temps immobile* (récit), 2006

Robitaille, Geneviève. *Chez moi* (récit), 1999

Robitaille, Geneviève. *Mes jours sont vos heures* (récit), 2001

Rompré-Deschênes, Sandra. *La maison mémoire* (roman), 2007

Rousseau, Jacques. *R.O.M. Read Only Memory* (polar), 2010

Saint-Pierre, Jacques. *Séquences ou Trois jours en novembre* (roman), 1990

Schweitzer, Ludovic. *Vocations* (roman), 2003

Sévigny, Marie-Ève. *Intimité et autres objets fragiles* (nouvelles), 2012

Shields, Carol. *Miracles en série* (nouvelles), 2004

Soudeyns, Maurice. *Visuel en 20 tableaux* (proses), 2003

St-Onge, Daniel. *Llanganati ou La malédiction de l'Inca* (roman), 1995

St-Onge, Daniel. *Trekking* (roman), 1998

St-Onge, Daniel. *Le gri-gri* (roman), 2001

St-Onge, Daniel. *Bayou Mystère* (roman), 2007

Strano, Carmen. *Les jours de lumière* (roman), 2001

Strano, Carmen. *Le cavalier bleu* (roman), 2006

Tétreau, François. *Le lai de la clowne* (récit), 1994

Théberge, Gaston. *Béatrice, Québec 1918* (roman), 2007

Thibault, André. *Schoenberg* (polar), 1994

To, My Lan. *Cahier d'été* (récit), 2000

Turcotte, Élise. *La mer à boire* (récit), 1980

Turgeon, Paule. *Au coin de Guy et René-Lévesque* (polar), 2003

Vaillancourt, Claude. *L'eunuque à la voix d'or* (nouvelles), 1997

Vaillancourt, Claude. *Les onze fils* (roman), 2000

Vaillancourt, Claude. *Le conservatoire* (roman), 2005

Vaillancourt, Claude. *Réversibilité* (roman), 2005

Vaillancourt, Marc. *Le petit chosier* (récits), 1995

Vaillancourt, Marc. *Un travelo nommé Daisy* (roman), 2004

Vaillancourt, Marc. *La cour des contes* (récits), 2006

Vaillancourt, Yves. *Winter et autres récits* (récits), 2000

Vaïs, Marc. *Pour tourner la page* (nouvelles), 2005

Valcke, Louis. *Un pèlerin à vélo* (récit), 1997

Vallée, Manon. *Celle qui lisait* (nouvelles), 1998

Varèze, Dorothée. *Chemins sans carrosses* (récits), 2000

Villeneuve, Marie-Paule. *Derniers quarts de travail* (nouvelles), 2004

Villeneuve, Marie-Paule. *Salut mon oncle !* (roman), 2012

Vincent, Diane. *Épidermes* (polar), 2007

Vincent, Diane. *Peaux de chagrins* (polar), 2009

Vincent, Diane. *Pwazon* (polar), 2011

Vollick, L.E. *Les originaux* (roman), 2005

Wolf, Marc-Alain. *Kippour* (roman), 2006

Wolf, Marc-Alain. *Sauver le monde* (roman), 2009

Wolf, Marc-Alain. *Un garçon maladroit* (roman), 2012

GARANT DES FORÊTS
INTACTES

Tous les livres des Éditions Triptyque sont désormais imprimés sur du papier 100 % recyclé postconsommation (exempt de fibres issues des forêts anciennes) et traité sans chlore.

L'impression de *Joie de combat* a permis de sauvegarder l'équivalent de 4 arbres de 15 à 20 cm de diamètre et de 20 m de haut. Ces bienfaits écologiques sont fondés sur les recherches effectuées par l'Environmental Defense Fund et par d'autres membres du Paper Task Force.